RE-INCARNATION RE-COLLECT

リインカーネーション リコレクト

西田大輔

論創社

*目　次

リインカーネーション　リコレクト

登場人物

馬超孟起《ばちょうもうき》……曹操のもとから離れ、劉備についた若き武将。憧れを持つ相手からの影響を受けやすく、その人の個性を自分のものにする高い吸収力を持っている。

夏侯惇元譲《かこうとんげんじょう》……曹操配下。曹操とは幼馴染。龍生九子・蒲牢に「天下を獲る才」を持つとされ、選ばれている一人。

曹操孟徳《そうそうもうとく》……西園八校尉の地位を得て急速に力を付けている。夏侯惇、曹仁らと共に実力のある臣下を集め、天下を狙う。

許褚仲康《きょちょちゅうこう》……曹操配下。怪力を持ちながら身のこなしも軽い。自らを「身の丈八尺、腰五尺、中華最大の男」と称するが、実際は小柄な少年。

曹仁子孝《そうじんしこう》……魏の曹操配下。曹操の幼馴染。常に怒っている。口癖は「馬鹿もんが！」曹操軍において一番の常識人。

楽進文謙《がくしんぶんけん》……岩のように見えるが、言葉を話す。曹操に拾われた。小さい。

于禁文則《うきんぶんそく》……曹操配下の武将。ある意味フレンドリーなゆとり世代。ごく平均的な能力しかもたない。

劉備玄徳《りゅうびげんとく》……庶民の出生でありながら漢の高祖の末裔として天下を目指す。人一倍、篤い人望を持つ。悪い予感がすると体が震え出す。

関羽雲長《かんううんちょう》……かつて黄巾党の党首・「張角」として民衆を集め蜂起した少女。劉備によって、新たな名前を持ち、共に天下を目指す。

張飛益徳《ちょうひえきとく》……劉備とともに天下を志す義兄弟。単純だが義に篤い。方向音痴。

孫権仲謀《そんけんちゅうぼう》……孫堅を父、孫策を兄に持つ隠れた大器。まだ子供だが、それはもう著しく成長する。

周瑜公瑾《しゅうゆこうきん》……呉の女性軍師。許婚である孫策とともに「不殺の国」の建国を誓う。天下の才があるとして、龍生九子・贔屓に選ばれている。

魯粛子敬《ろしゅくしけい》……呉の孫策配下。孫策・孫権・周瑜に付き従い、常に影から支える軍師。

袁紹本初《えんしょうほんしょ》……家柄・実力・人望を併せ持ち、旧知の仲である曹操と共に董卓討伐に乗り出す。龍生九子・螭吻に選ばれている。

顔良《がんりょう》……袁紹配下、戦う事と宴を好む、とにかく明るい武将。

趙雲子龍《ちょううんしりゅう》……幽州の公孫瓚配下。腕が立ち部下の信頼も篤い。

荀彧文若《じゅんいくぶんじゃく》……公孫瓚のもとを離れ、魏の曹操に興味を抱く浪人軍師。身なりには興味が無い。鋭い洞察力と迅い決断力を持つ。

袁術公路《えんじゅつこうろ》……袁家の諸侯で袁紹の弟。反董卓連合に名を連ねながらも、他勢力に先んじるため策を巡らせる。

関平《かんぺい》…………戦乱によって親を亡くし、張角に救われ共に戦った青年。平原で生まれた。

劉協伯和《りゅうきょうはくわ》……現在の皇帝の息子。次代の覇権を狙う勢力に利用されている事を理解しながらも、世の中を知り、自らの力で立とうとしている少年。

貂蝉《ちょうせん》…………天の龍様に産み落とされた龍生九子でありながら、業を持たない人間にも姿を見せる事ができる。董卓に憑いている。

張遼文遠《ちょうりょうぶんえん》……自分が真に仕えるべき主君を探す中、黄巾討伐の折に董卓配下の武将・華雄と繋がる。業の謎を追っている。

賈詡文和《かくぶんわ》……董卓配下。高い計算能力で戦況を分析し、答えを導き出す軍師。「であれば」が口癖。

徐栄《じょえい》…………董卓配下の武将。素早い動きと高い戦闘能力を持つ。何故か思いとは逆の言葉を話す。

睚眦《がいし》……天の龍様に産み落とされた、九番目の龍生九子。董卓に憑いている。

贔屓《ひき》……四番目の龍生九子。憑いていた孫堅の死後、周瑜に天下を獲らせる事で自身の生まれ変わりを目論む。

董卓仲穎《とうたくちゅうえい》……黄巾討伐後、他の追随を許さぬほど勢力を伸ばす。「王朝を我が物とする暴君」とされる。龍生九子から「天下の才がある」として、とある業を背負っている。

劉岱公山《りゅうたいこうざん》……曹操配下の武将。

陶謙恭祖《とうけんきょうそ》……徐州の刺史。

夏侯恩子雲《かこうおんしうん》……曹操配下の武将。

孔融文挙《こうゆうぶんきょ》……青州の刺史。

鮑信允誠《ほうしんいんせい》……反董卓連合軍に参加した諸侯。

王匡公節《おうきょうこうせつ》……反董卓連合軍に参加した諸侯。

——舞台は、水より透き通った酒を眺める紫の月から始まる。

これは、いつかの時間、何処かの国での誰かの、物語。
現代なのか過去なのかはたまた未来なのか。
生きる意味で酒を鏡にするもの。
ただ一つの愛を鏡にするもの。
忘れることのないように己を鏡にするもの。
それぞれの鏡——思い出す為にすること。

天の龍でさえ図れない生き方を探るものひとり——
それはもはや、天下だろうか。
忘れたのなら、思い出せ。

「さてと——まだ見ぬ『器』を揃えようか」

PROLOGUE

舞台まだ暗い。さっきまで鳴り響いていた音楽は鳴り止み、
辺りは深い闇に包まれる。
水滴の音が一つ、二つ、三つ。
やがてそれは、いつしか笑い声に変わる。
誰かの笑い声——誰かといっても人ではある。
笑い声をかき消すように雨が降り
——そしてその雨をかき消すように誰かの泣き声に変わる。
誰かの泣き声——誰かといっても人ではない。
そして泣き声はいつしか静寂に変わり、声が聞こえる。
誰かの声がはっきりと聞こえる。

誰か　天から何かを知るように。この世にやってきたんだよ。あんたの名を教えたげるよ。ほら、思い出してきたよ段々と。教えたげるよあんたの名。ひとつの天にひとつだけ。ひとつの

生にひとつだけ。あんたが背負って捨てるのさ。

一人の男がゆっくりと盃を傾けている。
それは「陰」であり、はっきりと誰かは見えない。
誰かたちのようにも見える。

誰か　あんたの名を教えたげるよ。天下の下にいる名だよ。龍生九子《りゅうせいきゅうし》の子供だよ。知の行く末は獄の末。獄から天に還るのさ。天下の愛を睨むのさ。龍様に涙を見せるのさ。生まれ変わるは……

盃を傾けている男がいる。
それは——はっきりと見える誰かである。
名を、「董卓仲穎《とうたくちゅうえい》」
物語を、傾ける男である。

董卓　何だよ？　その先を、知りたいねぇ。

笑いながら、酒を一口飲み、盃を勢いよく投げ捨てる。

董卓　ああやっぱ酒、ひとっつも飲めねえや。

男が入ってくる。
名を、「張遼文遠《ちょうりょうぶんえん》」

董卓　おお、来たか。
張遼　天下の董卓軍に入れていただけるとの事でしたので。
董卓　その飄々としたのやめろやぁ。ありがちだぜ、お前。
張遼　……と言われましても産まれ持っての性質《たち》なもんでしてね。
董卓　産まれ持っての性質なんてもんはねえぞお。人ってのは、ぜんぶ！　自分で創ってんだ。「人」ってのはな。
張遼　あんたに付くんだ、望みを何なりと。
董卓　なら生まれ変われや。ぜんぶ、生まれ変われ。
張遼　……はいはい。
董卓　出たそれ、飄々と！　ありがちありがちぃ。

董卓は盃を飲み干し、

董卓　ああ!!　だから飲めねぇって、不味《まじ》いなぁ。

だが董卓の周りには——盃が山ほどある。

張遼　……酔ってんのかあんた。
董卓　馬鹿言え。酒は飲めねえんだよ、俺は。
張遼　……。
董卓　張遼……華雄《かゆう》の亡骸を届けてくれたそうだな。
張遼　ああ……だが、「手土産にと思って」ぐらいの感じですよ。
董卓　あいつ、また俺が喜ぶと思って無茶したんだろうなぁ。華雄……華雄……

笑いながら酒を飲み始める董卓は次第に泣き始める。
だが次第に笑い始める董卓——異様に感じる張遼。

董卓　でも、またすぐ逢えるよなぁ……しんみりしてもしょうがねえや。
張遼　……。
董卓　どうした？
張遼　あんた狂ってんのか？
董卓　そうじゃねえよ、本当に逢えると思ってんのさ。そうなんだろ？

董卓はここにいるはずのない誰かに向かって話しかける。

張遼　……器ですねぇ。

董卓　思ってもねえ事を言うんじゃねえよ、俺にはな……。お前が知りたい事はこのアタマの部分で全部教えてやる。

張遼　本気の時もありますよ。器が足らなきゃ、あんたを殺してその場を奪う。そういう生き方でここまで来たんで。

董卓　最高じゃんか。どうだった？　黄巾《こうきん》討伐は？

張遼　……色々ありましたが、あんたの名前は良く出ていましたよ。

董卓　猛者はいたか？　天下に名を轟かす猛者どもは？

張遼　……どうでしょうねぇ？

董卓　飄々!!　最高じゃねえか、賈詡《かく》。

一人の武将が颯爽と入ってくる。
名を、「賈詡文和《かくぶんわ》」。

賈詡　呼んだので、あれば。

董卓　例えば、俺がここで帝の天子様をぶん捕ったとして、誰とぶつかるか、知りたいねぇ。

賈詡　知りたいので、あれば。それは全国でしょう。孫堅《そんけん》、袁紹《えんしょう》、袁術《えんじゅつ》、陶謙《とうけん》、公孫瓚《こうそんさん》、曹操《そうそう》、鮑信《ほうしん》……

董卓　多いわ。全部合わせると？

賈詡　で、あれば全国ほぼ十七の諸侯になるかと。

董卓　一番手強いのは何処だ？

賈詡　であれば袁紹。あなたに負けず劣らずの器を持っていると言えましょう。

董卓　一番絆が強いのは？

賈詡　であれば孫堅。呉の一族は侮れません。

董卓　ふーん。こいつが一番嫌ってるのは？

賈詡　であれば曹操。迅さだけであれば我らも敵いません。

張遼　違いますけどねぇ。

賈詡　で、あれば違うと思われます。

張遼　ちょっとこいつ鼻につくんだけど。

賈詡　で、あれば。

張遼　それな。

董卓　ま、ゆっくり行こうやぁ（酒を飲み干し捨てる）……徐栄《じょえい》。

素早く一人の男が入ってくる。
名を、「徐栄《じょえい》」。

董卓　兵四万貸してやる。ちょっくら曹操んとこ行って派手にドンパチしてこいや。
徐栄　嫌です。
董卓　お前どうする？
張遼　命令であれば。
董卓　なら徐栄、お前ひとりだ。
徐栄　嫌です。
董卓　天下も恐れる殺戮軍団、董卓の力見せてこい。
徐栄　嫌です。
張遼　嫌って言ってますけど。
董卓　こいつの「嫌」は、「いい」の証よ。反対の事しか言わねえからなぁ。

刀を抜き——歩き出す徐栄。

張遼　ですが、そううまくいきますかねぇ。
賈詡　そう言ったのであれば、どうしてですか？
張遼　黄巾で曹操とはやり合いましたからねぇ……少なくとも、予想してるとは思いますよ、これも。
賈詡　であれば、それほどの実力であると。
張遼　幸先いいほうがいいでしょう、天下までもうすぐなんだから。

董卓　何言ってんだ、派手に負けてくりゃあいいんだよ。いいか徐栄、くれぐれも、勝つんじゃあねえぞ。盛大に、負けてこい。
張遼　はあ？
徐栄　……嫌です。

その場を去っていく徐栄。

張遼　狂ってんだな、やっぱあんた。
董卓　狂ってはいないよ、いたって真面目だ、誰よりもなぁ。（盃を飲み干し）なあ張遼……お前の欲しかったものも、ここで見せてやる。
張遼　別にありませんが。
董卓　いやあ……ある。俺には背負う、「業」があるんだよ。
張遼　……!?
董卓　まあ、ゆっくり行こうやぁ、一つ目。

盃に酒を注ぐ董卓——舞台、雷鳴と共に呉へ移っていく。
亡き「孫堅」の墓の前で——一人の女が手を合わせている。
名を、「周瑜公瑾《しゅうゆこうきん》」。

周瑜　……殿……この髪が伸び切るまでに――あなたが認めてくれた「不殺《ころさず》の国」を創ると、約束します……。

深々と頭を下げる周瑜。
その場に入ってくるのは、「孫権仲謀《そんけんちゅうぼう》」である。

孫権　兄貴は……。
周瑜　知らんな。旅に出ているんだろう。
孫権　こんな時にどうして？
周瑜　お前がいるからな、だから旅に出る。孫権……お前は孫策《そんさく》と天下を獲る気でいるか。
孫権　当たり前だろ。
周瑜　ならば――お前が掴みかけた天下に孫策が仇《あだ》をなしてきたらどうする？
孫権　何言ってんだ、一緒に……
周瑜　答えろ、どうする？
孫権　……兄貴に、譲る。
周瑜　その弱さが、殿を守れなかったと覚えておけ。お前も、私も、孫策もだ。
孫権　周瑜……。
周瑜　それを捨てる為に孫策は旅に出た。誰でもいい。この呉に天下を、もたらすぞ。
孫権　……。

一つの光――その場にいつの間にか、光がある。
龍生九子の一人――「贔屓《ひき》」である。

贔屓　何言ってんのあんた。何度も言ったでしょ、天下を獲れるのはあんただけ。この兄弟にゃ無理よ。
周瑜　……黙れ。
孫権　どうした周瑜？
贔屓　それに何あれ？「不殺の国」って……笑っちゃう……ダサっ……ダサいわ……。何、夢みたいな事言ってんのよ？　孫呉の親父がやっと死んでくれたのに！
周瑜　黙れ――!!

周瑜の叫びと共に――雷鳴。

贔屓　あんたの業は、「殺さなければならない」!!　教えたでしょ？

贔屓が――孫権の身体の中に素早く入る。
同じ動きをする孫権が――周瑜に刀を向ける。

孫権・贔屓　忘れそうだからもう一回言っておくわ。天下の才と引き換えに、あんたは業を背負うのさ。

周瑜　お前……

驚いて剣を放す孫権。
――孫権から離れる贔屓。

孫権　え……？　え……!?

贔屓　改めて……天の龍様《りゅうさま》の四番目の子、贔屓だよ。よろしくねぇ、周瑜ちゃん。

雨が降り始める――贔屓が高らかに言葉を背負う。

贔屓　天から業火を焼くように、この世にやってきたんだよ。ほら、思い出してきたよ段々と。ひとつの天にひとつだけ。ひとつの……

舞台は雨と共に暗くなっていく――。
声は続いている――その声は九子の「贔屓」から「螭吻《ちふん》」に変わっていく。

螭吻（声）　生に一つだけ……あんたが背負って捨てるのさ。あんたの名を教えたげるよ。天下の下にいる名だよ。龍生九子《りゅうせいきゅうし》の子供だよ。土の香りは天の息。天から土へ息吹くのさ。天下の土を捨てるのさ。たった一人で終わるのさ。生まれ変わるは……

明るくなると――一人の男が酒を飲んでいる。
名を「袁紹本初《えんしょうほんしょ》」。
だが、袁紹が声を発しようとした瞬間――もう一人の男が声を荒げる。
名を、「夏侯惇元譲《かこうとんげんじょう》」

夏侯惇　黙ってろ！
袁紹　はっは！　そりゃあいいや。一つ、貰うとしよう。
夏侯惇　虫の居所が悪いもんでな……。
袁紹　派手にやられたもんだなぁ、その目。お前にしちゃ、ダセえじゃねえか。
夏侯惇　ほっとけ。
袁紹　で？　伝えに来たんだろ？　相棒からの伝言を。
夏侯惇　馬鹿言え。どうせわかってんだろうが。
袁紹　だな。「反董卓連合」……俺にやれって事だろ？　舐めんな、俺には行く末が見えんだぞ。
夏侯惇　だから酒を飲みに来たんだよ。

袁紹の盃を全部飲み干す夏侯惇。

袁紹　馬鹿野郎、この酒高《たけ》えんだぞ。
夏侯惇　ド金持ちがうだうだ言うな。俺との酒が最も高い。
袁紹　ま、だなぁ。へへーん。

残りの酒を飲み干す袁紹。

夏侯惇　で……どうなんだ?
袁紹　ん……董卓か?
夏侯惇　強《つえ》えのか?
袁紹　何度も戦場は一緒だが、実際戦った事はねえんだ。実力のほどはわからねえよ。
夏侯惇　……。
袁紹　ま、だが……やりゃあぶっ潰す。その気概だ。
夏侯惇　……孟徳からの伝言だ。
袁紹　あれ?　間違ってた?　俺の行く末……おっかしいな……。
夏侯惇　「この董卓を越えちまうと、俺らがやり合う事になる。親友、どうする?」だそうだ。
袁紹　……そりゃ、全くだ。
夏侯惇　ま、俺が相手になってやるから心配すんな。お前ら、女々しいからな。
袁紹　この野郎、片目が黙っとけ。

——一つの光——それは、袁紹のものである。

袁紹　待てよ……まだこの先は見たくねえんだ。黙っとけ。

夏侯惇　何だこいつ？

袁紹　お前は上手く、付き合ってるか？

夏侯惇　知らん。ま、惚れられてるようだがな。

袁紹　それでこそ夏侯惇。器だな。まあゆっくりしていけや、久しぶりに飲み明かすぞ。

夏侯惇　何処行くんだよ？

袁紹　ちょっくら全国に号令かけてくるわ。やった事はねえが、とんでもねえ相手だぞ、たぶん董卓は。ちょちょいと終わらせるから、飲もうぜ。

夏侯惇　全く……器だなぁ。

袁紹　何言ってんだ？　俺には……行く末が見えるのさ。

笑う袁紹——その場を離れていく。

もう一つの光——それは、夏侯惇のものである。

夏侯惇　おいおい、天下に選ばれる才ってのは、一人じゃねえのかよ。そんなにいるって事は、信用ならねえな。

一つの声が聞こえる――それは「蒲牢《ほろう》」の声。

蒲牢（声）　あんたの名を教えたげるよ。天下の下にいる名だよ。龍生九子《りゅうせいきゅうし》の子供だよ。黄砂の夢は天の夢。天から風を吹かすのさ。天下の風を起こすのさ。たった一人で吹かすのさ。

舞台は風とともに暗くなっていく。
――次第に声は「誰か」に変わっている。

誰か　生まれ変わるは――
董卓　何だよ？　その先を、知りたいねぇ。

盃を飲み干す、董卓。

董卓　ああ、やっぱ酒、ひとっつも飲めねえや。
張遼　……あんた。
董卓　ん？
張遼　今、誰かと話していたな。誰だ？
董卓　ああ、それが俺の業に関係あるんだよ。俺はな、全部言っちゃう、アタマに、ぜんぶ。引

張遼　っ張らねえぞ。
董卓　誰だ？
張遼　ゆっくり行こうやぁ……お前、俺が嫌いか？
董卓　ああ？
張遼　好きになれ、とことんとことん好きになれ。
董卓　狂った男だ。
張遼　いずれそうなる、たぶんな……お前の欲した場所は、ここだ。
董卓　……俺は馬鹿にされるのが好きではないんですよね、大将。
張遼　最後まで聞けよ、さっきの話と関係あるんでな。つまりそれが、俺が背負った……
董卓　業です!!

一つの光——それは新しい「誰か」の出現でもある。

誰か　……盛大にスベったが——こいつには見えてないからよしとしよう。
董卓　おい!!
張遼　見えないんだよ、お前にはな。ああ……でも……こいつは見えるからな。
董卓

そこにはもう一つの光——それは、張遼がかつて知っていた男である。
驚く張遼——その男の名は、「貂蝉《ちょうせん》」。

張遼　……お前……お前……どうして……？
貂蟬　……。

――貂蟬は、張遼を見つめている。

董卓　貂蟬……お前がつけた名前だろ？
張遼　こんな事があるはずない……。
董卓　そう、ない……。

董卓が持っている刀を抜くと――貂蟬は張遼の前で消える。
（舞台上にはいる。が――張遼は見えてない）

誰か　何？　こんな風に始めちゃう……いいじゃん。やっぱ董卓いいよ。
張遼　どういう事だ!?　答えろ、おい!!
董卓　天下の才と引き換えにあんたは業を背負うのさ。
張遼　……何だと？
誰か・貂蟬　天下の才を奪うのさ。業の代わりに背負うのさ。
張遼　董卓!!

董卓　あらかじめ先に言っておくな。俺には業が、「二つ」あんのさ。

音楽——。

反董卓連合が狼煙をあげ——。

董卓　さてと——まだ見ぬ「器」を揃えようか。

ゆっくりと歩いていく一人の少年——。

名を、「馬超孟起《ばちょうもうき》」。

馬超　……。

それぞれが狼煙を上げ——。

「生まれ変わり」が始まっていく。

ACT I　反董卓連合軍

暗闇の中、突然の叫び声。

劉備　曹操殿――――!!

飛び込んでくる声の主は、「劉備玄徳《りゅうびげんとく》」である。
場面は、肺《はい》へと移り変わる。

劉備　頼む!!　頼む頼む頼む――――!!　俺と手を組んでくれ！　そうでねえと大変な事になるんだ。董卓!!　あいつは化け物だ!!　俺らみたいに小さき器がぶつかりゃ簡単に呑まれちまう。だから手を組んでくれ。

肺には曹操配下、「于禁文則《うきんぶんそく》」と「夏侯恩子雲《かこうおんしうん》」を中心とした配下がいる。

于禁　劉備殿。
劉備　あんたと逢って俺は震えた！　心から震えたんだ！　それはつまり、俺とあんたは何かを感じ合ったって事じゃねえか!!　頼む!!　だから手を組もうじゃねえか!!　ここで親友となろうじゃねえか!!　頼む！　頼む頼む頼む!!
于禁　あ、申し訳ないんですけど殿は今、不在なんで。これ、あんま意味ないと思います。
劉備　民草の為だ!!　わかるか？
于禁　あ、そうきちゃいます？
劉備　え？
于禁　あ、だから民草トークしちゃいます？　時間取って。殿、不在って言ってるのに。
劉備　いや……
于禁　ああ、いいですいいです、先輩だし。歌舞伎みたいに捉えれば、無にもなれるっていうか。やります？　聞きますけど、どうします？
劉備　何か、あんた軽いよね。
于禁　あ、そういう世代なんで。いっときます？
劉備　あ、じゃあ……一応。折角なんで。
于禁　はい、じゃあここは、無でいきまーす。
劉備　民草の為だ……民草の為なんだよ……董卓の噂知ってるか？　酒池肉林なんだぞ……わかるか？　酒と肉が一緒なんだぞ。酒とお池とお肉と林だぞ、わかるか？……酒と涙と男と女だろ、そこはわかるか？　俺は蓆《むしろ》を売っていた……わかるか？

曹操配下たちは全然聞いていない。

劉備　むしろ莚を売って……あ……何か、もういいや。
于禁　あ？　終わりですか
劉備　うん。何か、しっくりこないんで……
于禁　でも結構時間使いましたけどね。
劉備　チクリと言うね。

そこに入ってくるのは劉備配下「張飛益徳《ちょうひえきとく》」である。

張飛　あにぃい!!　いつまでやってんだよ!!
劉備　張飛。こら。
張飛　どうせ失敗するんだからやっても意味ねえだろ、こんなの。嫌いなんだよこいつら。
劉備　馬鹿野郎！　何て事言ってんだ⁉
張飛　大っ嫌いだよこいつら。なんか馬が合わねえ。

全員が張飛に刃を向ける。が、すぐやめ、

于禁　あ、でもそんな感じ伝わってきてたんで、わかります。
張飛　あ、ほんと？
于禁　はい。僕らもこの方あんま好きじゃないんですけど、一応話だけはと思って。
張飛　あ、嫌いなのに。話わかるな！　お前！
于禁　あ、そういう時代の世代っていうか、はい。
劉備　張飛。
張飛　あ、そう。兄ぃね、曹操と逢った時から震えんだって。でね、何かそういうコンプレックス作んのやだから、この機会に友達になっとこうって。本当は曹操だいっきらいなんだけどね。

劉備　張飛！
于禁　あーそうですか。ありますよね、生きてれば仕事だけの奴。
張飛　お前、わかるな！　わかる男だな！
于禁　うちにもいるんですよ、一人だけ。なんもね、持ってなくて。好きでもなんでもないんですけど、仕事的にっていうか……年齢的にっていうか。

張飛　一番やなタイプね、兄ぃもそう。馬合うな、お前。
劉備　待てコラ待てコラ待てコラ!!
張飛　何だよ⁉
劉備　そんな悪口とか言ったらダメなんだよ！　ここは俺の器を見せてだな……
張飛　仲良くなるっていう分には同じだろ？

劉備　そりゃそうだけども、何か俺が格好悪いだろうが!!
張飛　こういうとこね。
于禁　わかります。あ、あなただけでもやります？　この于禁と……
夏侯恩　夏侯恩！
于禁　の二人で務めます、曹操軍紹介バスツアー。楽しいですよ。
張飛　そんなのあんの？　バス乗れんの!?
劉備　乗らなくていいんだよ!!　駄目だお前!!　お前じゃ駄目だ。関羽《かんう》は!?
張飛　ええ？　ああ、関羽の兄ぃ、いねぇ。
劉備　なんでだよ？　言ったろ？　曹操は結構関羽の事気に入ってるから絶対連れて来いって、
張飛　いや、でもさっきまでいたんだよ。
劉備　あのクソ……色仕掛けの一つくらい使えってんだクソが。義兄弟だぞ、ったく。
張飛　何言ってんだ、兄ぃ。関羽の兄ぃは男だぞ。

そこに入ってくる「曹仁子孝《そうじんしこう》」。

曹仁　いつまでやってんだ、馬鹿もんが!!

かしづく曹操軍。

曹仁　こんなくだらん頼み事に時間を割いている暇があるか。孟徳不在の時にこそ、一糸乱れぬ統制を見せろ、馬鹿もんが‼

曹操軍　ですが！

曹仁　「ですが」はいらん‼「ですが」は！　もう一度言うぞ‼「ですが」はいらん！　その「ですが」を言う前に、お前たちの統制で姿勢を見せろ。いいな。

曹操軍　ですが！

曹仁　言うなって言ったろ‼　こうなるからもう一回言ったんだ。お前ら、どうせ言うなら人生一度の「ですが」にしろ。いいな！　人生一度だ！

曹操軍　……で……。

曹仁　そうだ。わかれ。このくだりは俺もやりたくねえんだよ！　毎回毎回そんなに反応がねえんだ。察しろ！　わかったか？　劉備！　黄巾の時は手を組んだが、今のお前と共に手を組むつもりはない。我が主君・曹操孟徳は既に騎都尉《きとい》から西園八校尉《さいえんはっこうい》を天子様より拝命仕《つかまつ》った。劉備、今のお前と比べてみろ。

劉備　ええ……

曹仁　これ以上ここに居座るならば、この曹仁子孝が相手になろう。わかったらこの場を……

劉備　関羽って男なの⁉

張飛　当たり前だろ。

曹仁　聞いてないのかい‼

張飛　あ、ちょっとおじさん黙ってて。大事な話してるから。

曹仁　ああ？
于禁　あ、さっき言ったみんなが嫌いな人、この人です。
張飛　やっぱ！
于禁　ええ、この軍の全員が嫌いです。
曹仁　んなわけあるか、馬鹿もんが!!
曹操軍　ですが!!
曹仁　一回を使うな!!　ここで人生一回を!!
曹操軍　それパワハラ的なものでしたから!!
曹仁　……使わないんだ、そこは。
劉備　うそ……やべえ。俺、なんだったら関羽の事たまにいやらしい目で見てたよ。すごいお尻とか見てた。
張飛・曹操軍　それセクハラ的なものだと思いますけど！
于禁　二人で、軍を創ったらどうですか？
劉備・曹仁　黙ってろ!!

兵士が飛び込んでくる。

兵士　申し上げます!!　董卓軍配下・徐栄四万がこの肺に向かって進軍しております!!
曹仁　何だと!?

兵士　既に第一陣・第二陣を突破され、この城まで怒涛の勢いで向かっております!!
曹仁　前線に典韋《てんい》!!　夏侯恩を配置!!　城の防衛は于禁と俺が行く!　行け!!
曹操軍　ハッ!!

曹操軍が怒涛の勢いでその場を駆け出していく。

劉備　やっぱ迅《はえ》えな!　董卓って野郎は!!　張飛!!
張飛　わかってるよ。
劉備　あ、馬超どうした⁉
張飛　ああ何かあいつ、旅に出るって。
劉備　ええ⁉⁉
張飛　何かね、この場にいる為にはもういっこ大きくなんないと駄目なんだって。
劉備　くそ!　関羽の色仕掛け見せた後、お前と馬超の凄さで従えてる俺の器を見せようと思ったのにぃ。
張飛　安心しろ、兄ぃ。一人で三人分、俺がやってやる。
曹仁　何をグダグダ抜かしてる⁉　立ち去れぃ!
劉備　曹仁のおっさん!　こいつがいりゃあ千人力だ!!　曹操倒れられたら困るんでな、手を貸そうじゃねえか!
曹仁　……。

張飛　愛してるよ。（曹仁にキスをする）
劉備　色仕掛けはいらねえんだよ!!
張飛　あいよぉ!!

曹仁・張飛・劉備がその場を駆け出していく。

★

徐栄が曹操軍を相手に猛威を奮っている――。

★

董卓が何かを書きながら、歩いている。
張遼が飛び込んでくる。

張遼　業とは何だ!?　答えろ。
董卓　もうアタマの部分は終わったろ？　もう何も教えてやらない。
張遼　貂蟬がいた。俺は確かに見たぞ。
董卓　見せたんだよ、俺はお前に。
張遼　……。
董卓　やる気もねえのに「殺すぞ！」みたいなのやめろよぉ、在りがちだぞ。俺殺したら、貂蟬どうすんだ？
張遼　……皮剝いででも見つけてやるよ。

董卓　そりゃ本気だねぇ、傑作だ。大丈夫、お前は必ず手に入れる、欲しいものと場所を。俺もお前で手に入れる、何かを。で、お客さんが楽しむ。それでいいじゃねえか。お前よりお客さんが「え？　どういう事？」ってなってるよ。察しろ。

張遼　……てめえが飄々としてるぞ。

張遼　……。

董卓　あえてだよ、若造。あ、いいか？　俺はこの場で言った事は全てやる。必ずだ!!　夢破れる事はねえよ、俺だけはな。

張遼　……俺は何をする？

董卓　ちょっと待ってな。俺は軍師がいねえんだ、人不足なんだよ。「人」。ここ、ミソな。

書き物を続ける董卓。

董卓　やっぱそうだな、お前しかいない。天子を奪ってこい。

張遼　はあ⁉

董卓　この国の天子様だよ、そいつ分捕ってこい。俺がそいつを帝にする。

張遼　……殺してもいいんだな。

董卓　軍師にもなれるぞ、お前。三つ、いいか？

張遼　駄目だ。

笑う董卓。
——張遼が歩き出す。

董卓　一つ——そこにたぶん、曹操が張ってる。お前が一番憎くないんだとしたら、天子奪うのは簡単だろ。
張遼　……。
董卓　二つ——俺は明後日には違う事言ってるから、慣れろ。
張遼　……仲良くやれそうだよ、あんたとは。
董卓　あと……

張遼は三つ目を聞かず、その場を離れていく。

董卓　もう一つ——名を聞かれたら、「呂布《りょふ》」と答えろ。

笑う董卓——書き物を続け、

董卓　最高の奴だな、あれにはお前は影響受けんか？

誰かに向かって語りかける董卓。

董卓　と、「誰か」に向かって語ると見せかけて……いるよ、ここに。

馬超が入ってくる。

馬超　……俺は行かなくていいのか？
董卓　いい、いい！　でもお前いつかやるよ、それを。たった一人で。
馬超　意味がわからない。
董卓　わかるように言ってないの。ただ一つ、今回の真ん中はお前だ。
馬超　……。
董卓　ま、とりあえずこれ持って。さっきのアタマ、忘れちゃったからもっかい。

紙を渡す董卓――。

董卓　始まりの合図だ。読め。
馬超　「再び集い　泣け――奮い起こせ。そして背負え」

音楽。
その場を去っていく馬超。

董卓に向かって――進んでくる男。
袁紹配下「顔良《がんりょう》」である。
董卓軍をものの見事に蹴散らし――

顔良　袁紹　こいつら強い　董卓
入ってくるのは、袁紹である。
袁紹　はい、おはようちゃんおはようちゃん。
董卓　おはよう。
袁紹　あ、あんた潰す連合軍の総大将になったから挨拶に来ちゃいました。
董卓　普通来ねえだろ、こういう手合いは。
袁紹　来ないんだよ、こういう手合いは。だけど来ちゃうの、戦えるとこ見せたいから。
董卓　楽しいねぇ。
袁紹　そうしないとさ、ただの宴会野郎になっちゃうんでな。
顔良　やっていい？　やっていい？　やっていい？
袁紹　やっていい。

――袁紹と顔良が董卓配下を蹴散らし、董卓と対峙する。

董卓　群雄割拠は楽しいねぇ。
袁紹　お前がそう言うなら、俺は楽しまねえな。

——雷鳴が鳴り響く。
一瞬の暗闇——。

★

戦っている張飛がいる。

★

徐栄が城まで届いている——。
于禁を蹴散らし、曹仁と対峙する。

曹仁　ここを通すと思うなよ。
徐栄　いや、通れないと思っていますよ。

曹仁を追い詰めていく徐栄——。
だが、それは曹仁の作戦でもある。

曹仁　許褚《きょちょ》!!

許褚　あい!!

飛び込んでくる少年。名を、「許褚仲康《きょちょちゅうこう》」。
徐栄を怪力で圧し込んでいく。

許褚　曹仁さん、王さんから呼び出し。ここは任せて。
曹仁　この大変な時に……あの馬鹿もんが。
許褚　作戦があるんだよ……あ、言っちった……やべ……

その場を離れていく曹仁。
徐栄を許褚が簡単に退ける。

徐栄　……思ったより弱い。

流石の徐栄も、許褚の猛威にてこずっている。

許褚　言うじゃんか。王さんに教わった言葉で一番嫌いなのは、それだよ。
徐栄　弱い。
許褚　まだ言うか。

徐栄　弱い。
許褚　ぜってー許さない。
徐栄　弱い。

許褚がとどめを刺そうとした瞬間――。

徐栄　こんなに大きいのに。
許褚　え？　嘘でしょ？　何て言ったの？　ねえ何て⁉

許褚の隙をついて――徐栄が斬り抜く。
気絶する許褚。

徐栄　あ……。

張飛が飛び込んでくる――。

張飛　待て待て待てぃ‼
徐栄　……。
張飛　ここはこの張飛様が任されてんだ。てめぇらには勝たせるわけにはいかねぇよ。

張飛が徐栄に襲いかかる――。

徐栄　あなたは――曹操軍の。
張飛　阿呆!!　そんなもんと一緒にすんじゃねえや!!　こちとら劉備玄徳の義兄弟・張飛益徳様だあ!!
徐栄　……では……負けていいんですね。
張飛　何言ってんだお前⁉

戦う張飛――だが、徐栄とともに、見えない敵が張飛を斬りつける――。

張飛　おい……何だ……これ……!!　てめえ!!

はっきりと斬りつけられる。
倒れる張飛――。
現れたのは――貂蝉である。

張飛　てめえら……絶対忘れねえ……名前教えろや……。
貂蝉　……呂布。

舞台、ゆっくりと暗くなっていく。

★

舞台明るくなると、袁紹の目の前で――顔良が斬られている。

顔良には「誰か」が見えず、虫の息寸前である。

袁紹　……。

とどめを刺そうとする顔良への一手を袁紹が止める。

董卓　見えてるって事ねぇ。器、あるんだってなぁあんた……。

袁紹　お前ほどじゃねえだろ？

董卓　こうすりゃ手っ取り早いだろ、誰が業を持って誰が業を持ってないか、すぐわかる。

笑う袁紹。

――場面が動くと、顔良に剣を向けているのは「誰か」である。

董卓　それに、業とかなんとかめんどくさいだろ？「天下の才と引き換えに～」って言ったところで、こんな人数いるんだから。

誰か　董卓はやる事が大きいねぇ。こんな奴いる？　いないよ。
袁紹　仲良くしてるみたいだな？　お前は。
董卓　お前は違うのか？
袁紹　……親友だよ。
誰か　どうする？　こいつんとこのは結構手強いよ。一番上の子だから。
董卓　……。
誰か　いけない事はないけどねーぶっちゃけ。俺なら。
董卓　いってみてほしいなぁ。
袁紹　一つ……お前の業は何だ？
董卓　わかるから。それ楽しみに来てんだから、ここの人は。そこはゆっくりいこうやぁ。
誰か　それがカードの出し合いだよ。卑怯だねぇ、こいつ。
袁紹　ひとまず帰るぞ、顔良。

顔良を抱える袁紹――。

董卓　うっそ。「一つ」の答えはちゃんとやるよ――俺は知らねえんだ、業を。
袁紹　……。
董卓　勝てるかなぁ？　お前らが、俺に。
袁紹　勝てはするだろうが、どう勝つか……だな。相棒とゆっくり考えるよ、楽しみにしといてくれ。おつかれちゃん。

袁紹と顔良はその場を離れていく――。

董卓　いいじゃん、あいついいじゃん!!
誰か　董卓ほどじゃないよぉ。
董卓　照れるからやめろよぉ。
誰か　器違うもん!!　超器!!
董卓　やめろって。
誰か　やめないって。
董卓　なら、それを認めるお前も器あるよ。
誰か　照れるって。やめろよぉ。
董卓　九子にしとくの勿体ないもん!
誰か　こんな褒め上手いないよぉ、世界に。
董卓　照れるからやめろって。

はしゃぐ二人を――賈詡がずっと、見ている。

董卓　あ、ごめんね。はしゃいじゃった。怒ってる?

賈詡　聞かれるの、であれば。おひとりで、よくやられますね。
董卓　だから一人じゃないと言ってるでしょ。
賈詡　であれば、私は目に見えるものしか信じないものですから。
誰か　こいつ嫌いなんだよね、結構。何だろ？
董卓　そうなの？
誰か　何だろうなぁ。鼻につく、かなぁ。
董卓　いいとこあるよ。
誰か　で、あれば。
董卓　で、あれば次の一手は？
賈詡　で、あれば黄色い布を持つ軍団――あそこを潰す必要があるでしょうね。
董卓　まだ残ってるのか？
賈詡　その答えであれば、ええ。いずれは更に肥え太るでしょう。
董卓　手に入れられると思っていたんだけど。
賈詡　で、あればそれは不可能。我らは天子を手に入れる。彼らの最も嫌いなものです。
誰か　早めにいかんとやばいじゃん。
董卓　では潰そう。行けるか行けないかで単刀直入に答えろ。
賈詡　であれば……
董卓　可能。（同時）
賈詡　不可能。（同時）

董卓　そこがお前の甘さだ。たぶん……いるんだろ？　そこに、立ちはだかるのが。
賈詡　ええ。
董卓　だからもう行かせてる。
誰か　流石。
董卓　賈詡……中華で今、一番強い男は誰だ？
賈詡　であれば、この男です——

雷鳴が鳴り響く——一瞬の暗闇。

★

——黄色い布を持つ黄巾党。
それを追い詰める董卓軍——がいる。
立ちはだかるのは、夏侯惇である。

夏侯惇　あーめんどくせぇなぁ。

董卓軍をいとも簡単に蹴散らす夏侯惇。

夏侯惇　（董卓軍に）待て待て待て。もうちょっとやれんといかんぞ。俺の出番が減る。（黄巾党に）黄巾、お前らもいかん。同じ服着てたら飽きるだろ？　感性を磨け。

——飛び込んでくる馬超。

夏侯惇に斬りかかるが——弾かれる。

馬超　大将軍……!!

夏侯惇　馬超じゃねえか……お前、劉備んとこ行ったんじゃねえのか?

馬超　……わけあって、董卓んとこにいる。

夏侯惇　何だと⁉　お前、ちょっとこっち来い。

馬超　大将軍……。

馬超が近づくと、斬りかかる夏侯惇。

馬超　なんでだよ⁉　そうなった理由を聞くんじゃねえのかよ?

夏侯惇　聞かん。興味はない。敵だ。

馬超　かっけえ——!!　やっぱかっけえな大将軍!!……って駄目だ。すぐ影響受けちゃ駄目なんだよ。

夏侯惇　……どうした?

馬超　実は董卓に……

馬超が近づくと、斬りかかる夏侯惇。

馬超　何だよ!?　どうしたって聞いたじゃねえかよ？
夏侯惇　罠だ。
馬超　かっけええ――――!!　頭も、切れるぜ大将軍!!　って駄目だ……。駄目なんだよ影響を受けちゃ……くそ、くそ。
夏侯惇　明るくねえお前に何も魅力はねえぞ。そっちでいいんじゃないか。
馬超　大将軍。
夏侯惇　とりあえず本気でぶつかって来いや、勝ちたかったら俺の左に立て。
馬超　なんでだよ？
夏侯惇　黄巾の戦で、見ての通りこっちの目をやられてな……使い物にならん。お前にはいいハンデだろ。
馬超　大将軍……そんなの……そんなの俺、出来ねえよ……そんな状態のあんたに……
夏侯惇　だが嘘だ。

馬超を斬りつける夏侯惇。

馬超　汚《きたね》え――――!!　でも格好いい。
夏侯惇　やっぱお前といると楽しいな。よし、飲み行くか。

馬超　くそ……くそ……俺、今……それどころじゃ……行くぅ!!
夏侯惇　よし、そこで話を聞こう。
馬超　大将軍、ミュージカルの事教えてくれよ。
夏侯惇　何言ってんだ、こっから先の俺らはほぼミュージカルだ。
馬超　かっけええ!!

仲良くその場を去っていく二人——。

★

「袁術公路《えんじゅつこうろ》」が——話し込んでいる。
相手は「魯粛子敬《ろしゅくしけい》」である。

袁術　待て待て待て、それじゃ何か？　あの孫堅パパの死を隠せって事か？
魯粛　……申し訳ありません。孫呉一族、たっての願いです。
袁術　まあ確かにこの南陽郡で止めりゃ、これより先には出んわな。
魯粛　……そう周瑜様より言付かっております。
袁術　だったらなんでその周瑜が来ねえんだよ!!　って言うと思ったろ？　言わないよ。わかった、じゃあその方向で考えてみる。
魯粛　……。
袁術　驚いたか？　あの性格の悪い袁術の事だから見返りに何か要求してくるんじゃないかって

魯粛　話してたんだろ？
袁術　いえ……。
魯粛　そういう顔をしているよ‼　って言うと思ったろ？　言わないよ。違うんだよ。俺……改心してな……今までの自分を振り返ってみたら、なんて傲慢な人間だと思ったんだよ。思い直してみたんだよ、自分の人生を。
袁術　そうですか。
魯粛　これからは人を大切にしようと思ってな。だからわかった。堅パパの無念を秘めて、俺も一緒に隠す事に協力しよう。
袁術　ありがとうございます。
魯粛　ん……。
袁術　……。
魯粛　え？　何？　ここから先があると思ってんの？　だから残ってんの？　え？
袁術　いえ、失礼します。
魯粛　折角だから聞くよん。見返りに何を持ってきたの？
袁術　いえ……。
魯粛　あくまで口約束だぞ、これは。言わないつもりが結果――言った事になる事もある。と、言うと思ったろ？　言わないよ。だからちょっと話してみなよ、たぶんその話は受けないから……ちょっと待ってもっかい考える。たぶんね、うん、受けない。
魯粛　……周瑜殿のお考えは……間もなく董卓の軍勢に対して、各諸侯が立ち上がるだろうと

袁術　――その旗の担い手が、袁術殿か袁紹殿になるであろうと。

魯粛　袁紹じゃねぇよ!!　あんなクソ兄貴じゃねえ。この俺だ!!　って言うと思ったろ？　今度は思ったろ？　言わないよ、どっちかだろうねぇ。家柄的にね、それはしょうがないだろうと思う。

その際――

孫権がゆっくりと入ってくる。

孫権　屈強なる孫呉兵と武将をあんたに貸そうって事だ。

袁術　誰だこの小僧……って言うと思ったろ？　言わな……

孫権　孫権だ。親父が鍛え上げた兵士は俺が率いる。つまりあんたの軍に入るって事だ。

袁術　青二才が対等な口利くなよ、誰に向かってものを喋ってるんだ。……って言うと……

孫権　これで飲めないなら孫呉にも覚悟がある。あんたんとこと戦争だ。

袁術　上等じゃねえか、どれだけの勢力があると思ってんだ。って……

孫権　だから屈強な兵なんだよ。

袁術　やってみろ。っ

孫権　さっさと決めろ。

袁術　話させろや最後まで!!「っ」しか言ってねえよ。小さい「っ」しか。……って言う……

孫権　言うと思ったよ!!　お前は……性格出てんな……あんた。

袁術　改心したんだよ。これでも。あいわかった――!!　よし、じゃあ小僧、よろしく頼むな、これで俺も胸張って連合軍の頭取れるってもんよ。

孫権　行け、魯粛。周瑜に話はまとまったと伝えろ。

魯粛　わかりました……。

袁術　なんだが、ちょっと待った――！　俺はそんな条件、どうでもよかったんだ。実は頼みがあってな……。

孫権　……。

袁術　俺さぁ……公孫瓚のジジイ闇討ちしちゃったんだよ、まだ改心する前。で、あいつ馬鹿だから生き残っちゃったの……とどめ刺せなかったの。でさ、恨み買っちゃってるわけ……ちょっとめんどくさいのよ……そこの猛者が俺を狙ってんの。今にも攻め込まれそうな勢いなわけ。だからさ……

孫権　……。

袁術　殺してくんない？　そいつ。

孫権　名は？

袁術　公孫瓚配下、趙雲子龍《ちょううんしりゅう》――なかなかできる小僧だよ。

ニヤリと笑う袁術――孫権が歩き出す。

★

怒りに任せ――袁術軍を斬っていく一人の男。

名を「趙雲子龍《ちょううんしりゅう》」。

飛び込んでくる男、「荀彧文若《じゅんいくぶんじゃく》」である。

趙雲　袁術……。

荀彧　お待ちください!!
趙雲　何故止める？　袁術は殿に刃を向けたんだぞ……このままでは終わらせん。
荀彧　勝手な事は許されません。
趙雲　親が傷を負ったんだ!!　命に代えても子が復讐する……それがわからんお前だからこそ、あの人を裏切るんだ……。
荀彧　……知っていたんですか？
趙雲　当たり前だ……お前は……曹操の所に行くそうだな。
荀彧　……そのつもりです。
趙雲　行くのは勝手だ。だが次に逢った時こそお前は敵だ。忘れるな。
荀彧　いえ、仲間だと……私は思います。
趙雲　次にそれを言えばお前も斬る。
荀彧　仲間であります！
趙雲　……。

刀を荀彧に向ける趙雲。

荀彧　司隷校尉《しれいこうい》・袁紹様より、全国に号令がかかりました。反董卓連合です。
趙雲　何だと？
荀彧　公孫瓚殿も、馳せ参じるつもりだと。
趙雲　殿は病に伏せっているのだぞ!!　そんな事ができるわけない！
荀彧　ですから、これを公孫瓚殿より預かりました。

書簡を趙雲に渡す荀彧。

趙雲　……。
荀彧　主君・公孫瓚の名代として、連合に参加せよと。
趙雲　……ふざけるな、私は……。
荀彧　帰順先は曹操軍——公孫瓚殿の命《めい》です。

書簡を握りしめる趙雲——。

★

——後宮。

配下が居並ぶ場所に座っているのは――天子・「劉協伯和《りゅうきょうはくわ》」である。

劉協　入れ――

その場所に入ってくる女――名を「張角《ちょうかく》」とする。

劉協　張角……。
張角　何故私がここに呼ばれるのか……私はわかっていません。
劉協　すまんが、全員、外せ。
家臣1　しかし劉協様……。
劉協　このものが私に刃を向ける事はない。そうだな、張角。
張角　……はい。
家臣2　このものは元黄巾党の党首ですぞ。
劉協　ならば私はこの国の党首になるものだ。党首同士の話がしたいのだ。
家臣1　劉協様。
劉協　自らの事は自らで切り開く。旅を通じて私は知ったのだ。行け。
家臣たち　……。

家臣がその場を離れていく。

劉協　どちらにせよ、お前に救われた命だ。ここで刃を向けられても、文句は言わん。久し振りだな、張角。
張角　私はもう……黄巾ではありません。その名も、無くなりました。
劉協　では……
張角　「関羽」と、名付けていただきました。私の姉と、もう一人に。

かつて「張角」だった女。今の名を「関羽雲長《かんううんちょう》」。

劉協　劉備だな。
関羽　……!?　知っていらしたんですか?
劉協　曹操から聞いた(笑)。すまんが、その名前も知っていた。
関羽　一つ……聞きたい事がございます。
劉協　何だ?
関羽　私をここに呼び寄せたのは、曹操殿の使者でした。天子・劉協様と曹操様は、繋がっているのですか?
劉協　あ、いや……そうではない。私があいつに興味があるのだ。
関羽　そうですか。
劉協　関羽。劉備ではなく、曹操の所に行ってみんか?

関羽　……。
劉協　あいつは心からお前を欲しがっている、私から頼んでくれと言われた。
関羽　……それは……お受け……
劉協　嘘だ。天子を使って部下にさせるという行為をして、あいつを悪くしときたい、そう思ったんだ。たまにはいいじゃんか。
関羽　……天子様。
劉協　言うならば曹操とはそのくらいの関係だ。わかったかな？
関羽　……はい（笑）
劉協　じきにあいつも来る。家臣にも席を外させてなんなんだが、私の立場は非常にまずいみたいだからな。今や董卓が権勢を奮ってる。
関羽　……。
劉協　お前には皮肉な話だが、黄巾党壊滅以後のあいつは化け物だ。誰も勝てず、屈し続けている。それ故の袁紹の大号令だ。
関羽　はい……。
劉協　だが劉備は入れんだろう。だから、その命をお前に授けよう。あいつも天下に名を轟かせたいんだろう。
関羽　もしかして……それを私に……
劉協　それがお前と劉備への礼だ。それを伝えたかった。
関羽　……ありがとうございます。

劉協　それとも一つ……自分で道を切り開くと決めた。心の思うままを伝えよと、お前と曹操に教えて貰った。

関羽　……劉協様。

劉協　私はその……お前が……す、好きだ。ほ、ほ、惚れたと言ってもいい。

関羽　何を言ってるんですか？　あなたは天子様ですよ。

劉協　駄目だ、こういう事はちゃんと言わないと駄目だ。お前を嫁にしたい！　お前と暮らしてお前とエロイ事をしたいんだ！

関羽　……。

劉協　お前は強い。だがエロでは私がお前を滅茶苦茶にしたい。エロい意味でだ。ちゃんとエロい意味で言ってる。

関羽　言わなくていいです。

劉協　お前の気持ちが大切だという事も知ってる。だから待とう、お前がエロい気持ちになるまで、待とう。でももし、少しでもエロい気持ちがもうあるならエロイ事をしたい。エロがしたいんだ。

関羽は劉協を殴る。

関羽　天子様ですが続ければ、もっと殴ります。

劉協　そっちじゃないんだ。私のエロは……あ、嘘だ……もうやめる。本音というもので話さな

関羽　ければいけないと思って……
劉協　もう少し大人になってください。
もう少しでエロい事をしてくれるのか？　嘘だ……嘘だから。またにしよう、しばらく忘れてくれ。おい！　皆、話は終わりだ。戻れ。

家臣は戻ってこない――。

劉協　エロに気を遣ってくれたのかもしれん。あいつら……。
関羽　鼻につきますよ。
劉協　おい、もう戻って――

――家臣が全員、倒れ込み死んでいる。
斬り殺したのは、張遼である。

張遼　少し気を遣ったんですよ、エロイの見られるんじゃないかと思ってね。
関羽　お前……
劉協　誰だ貴様!?
張遼　董卓軍のニューフェイスとでも言ったところでしょうか。一応、主君の命であんたを奪いに来ました。

劉協　出合え!!
関羽　天子様、おさがりください!!

張遼が瞬く間に立ち上がった家臣を斬り刻み――劉協に襲いかかる。
その刃を受け止める関羽。

張遼　おやあ、黄巾党の党首じゃん、何これ、繋がってんの？　あんたら。
関羽　……。
張遼　天子様、あんたの生死は関係ないとお許しいただいたんで、どっちかになりますよ。
関羽　ふざけるな――!!

張遼VS関羽――。
だが、関羽の剣は歯切れが悪い。

張遼　あれえ、本当に無双の強さを誇った大党首・張角か!?
関羽　どうでもいい。
張遼　お前ひょっとして迷い始めてるだろ？　人を斬る事に。

張遼は関羽を斬りつける。

関羽　くそっ……天子様、お逃げください‼
劉協　曹操――曹操‼
張遼　わかってるよ、いるのは。だから俺が来たんだよ。この前ちょっとした恥をかかされたんでねぇ。
関羽　天子様――‼
張遼　出て来いよ、ぶち殺してやるから。

劉協を追い詰める張遼――。

劉協　曹操‼　やめろぉ‼

張遼が劉協に刃を振り下ろすと、それを止める刀。
曹操の刀である――。

張遼　やっと出てきたか……てめえを殺すと言っ……

刀を持ってるのは、曹操の服を纏った「岩《いわ》」である。

張遼　えええええ!!
岩　生まれて意識を覚えた頃に、周りに岩しかなかったものですから、きっと僕は岩なんじゃないかと思ったんです。それから月日が流れ、もしかすると動ける岩は僕だけなんじゃないかと思ったんです。そしてまた月日が流れ、赤いお殿様に出逢いました。その人は、僕が人なんじゃないかと……そう言ってくれました。
張遼　だから何だよ？　なんでそんな格好してんだよ。
岩　長くなりますが、いいですか？
張遼　駄目だよ、早く話せよ。
岩　あ、着ろって……言われました。
張遼　最初からそう言えよ馬鹿野郎。
岩　全てを捨てて——岩ん所に来い。
張遼　うるせえ。
岩　あ、言えって……言われました。
張遼　もういいや、天子貰ってくぞ——
劉協　関羽!!
関羽　天子様!!

劉協を捕らえ——その場を離れる張遼。

関羽　待て……。

行こうとする関羽を岩が制する。

関羽　……。

岩　……配下が死ぬと思うなら、最初から岩になるな!!

関羽　うるせえよ!!　何だお前!!

急いで――張遼の後を追う関羽。

岩　……赤いお殿様は僕に言葉を教えてくれました――ぴちゃぴちゃと流れる小川に連れていき、そこに流れる水に僕は僕をつけました。岩というか僕です。僕自身が岩だったのです。その水に触れた時、何か革命のようなものが僕の舌先を走りました。そこで言ったのです。「ウォーター!!」続く。

岩が話してる間、ゆっくり暗くなっていく。

★

暗闇の中――一つの光が浮かび上がる。

それは龍生九子たちの光――。

四番目の子「贔屓」である。
贔屓は「螭吻」に怒られている。

贔屓　ええ、そりゃあもう……あにあね様、本当にごめんなさい。

それは一番目の子「螭吻」である。

螭吻（声）天の龍様は大層お怒りだ。上手くできないのなら、全員塵と化す。
贔屓　ええちょっとぉ、勘弁してくださいよぉ、お願いしますよ。それじゃ身震いするよこの贔屓は。
螭吻（声）ならばどうする？
贔屓　きつく!!　きつく言っておきます!!　ですから塵だけは、塵だけはねぇ。この四番目のお子をどうか、御贔屓に。
螭吻（声）龍生九子同士は本来、絶対に逢ってはならぬ。この機会に、全て片付けておくように。
贔屓　何とぞ、何とぞあにあね様ぁ――。

螭吻の光が無くなると、途端に顔色を変える贔屓。

贔屓　何よぉ、なんであたしがこんな事やらなきゃならないわけ？

――「誰か」が陽気にやって来る。

誰か　あにあね様お待たせー。

贔屓　なんであんた真ん中から出てくるのよ、もっと端っこ歩きなさいよ。

誰か　え？　それどっかで聞いた事ある。何だっけ？　何だっけ？

贔屓　黙ってろ!!　あんたらのせいで私が一番目のあにあね様に怒られちゃったんじゃないの。

誰か　えーっと。

贔屓　あたしゃね!!　一番の切れ者なのよ！　この九子たちの中で、生まれ変わって天下を獲る一番の才を持ってるの！　それがなんで螭吻や蒲牢あたりにへこへこしなきゃいけないのよ、全く。

誰か　わかった！　イッコーさんだ。

贔屓　違《ちげ》えよ!!　その話も終わってんだよ。あんたらのせいで怒られてんの、あたしが!!

誰か　そっか……あにあね様、ごめん。

贔屓　出来の悪いおといもうとを持つと苦労するわよ。

誰か　本当にごめんだけど……教えて。

贔屓　美川《みかわ》だよ!!　うるせえな、マジお前それでずっと行く気なのか？

誰か　ずっと？　うん、行くよ。

贔屓　迷いがねえな、迷いが。

――光が入る、その光は貂蟬である。

貂蟬　あにあね様ごめん遅くなって。
贔屓　董卓助けてたんでしょ、いいわよあんたは。聞き分けのいい子だから。
誰か　遅いぞ貂蟬。こういうのはな、早く出たもん勝ちなんだよ。
贔屓　貂蟬って呼ぶのはやめなさい。あんた、もうその名じゃなくなるから。
誰か　そうなの？
贔屓　そうよ、あんたは「虫夏《はか》」って名前がつく。天の龍様の七番目の子よ。
誰か　「虫夏」なんていいじゃん、クールじゃん。
贔屓　貂蟬の頃の記憶は、いずれ消える。
貂蟬　……。
贔屓　あんた知ってたわよね、最初に私が説明したから。
貂蟬　……はい。
誰か　確かに……俺、生まれ変わる前の記憶ないわ。
贔屓　あんたにも説明したんだけどね。
貂蟬　龍生九子同士は逢ってはいけないのでは？
贔屓　そうだよ。それで怒られてんだ、この贔屓は。
誰か　ああ、俺らが同じ人間に業を背負わせたから？

鼂肩　それも、ある。
貂蟬　私たちが一緒にいる事を、天の龍様がお怒りになっていると？
鼂肩　それもあるし、まだあるのよ！　ちょっと来なさい！

鼂肩の前に——集まる貂蟬と誰か。

鼂肩　先に言っておくわ。きちんと業を背負わせなきゃ、私たちは塵と化す。
貂蟬　はい。
誰か　嘘⁉
鼂肩　天の龍様は容赦しない。私たちの目的は、天下を獲る器を持ったものを選んで、業を背負わせる。その業を背負い切れたら天下人だ。
貂蟬　わかっています。
誰か　その話、よくない？　長くなるでしょ？
鼂肩　ちゃんと説明してんだよ！　今回から見る人もいんだろ？　そういうの気ぃ遣ってあげないと、わかんねえだろ？　お前らいいけどな、綺麗な衣装着せて貰って。羨ましいわ。でも、ちゃんと説明しとかないと私だけ「誰、あの砂かけ婆《ばばあ》みたいなの？」ってなるんだよ。
誰か　えっと……
鼂肩　天の龍様は九人の子を産んだ。あんたは六番目、あんたは九番目の子だ。
貂蟬　はい。

誰か　あ、ゲゲゲの女房だ、砂かけ婆の。そうでしょ？
贔屓　……お前さ、いい加減ちょっと黙ってろ。ビジュアルだけでこのまま渡れると思うなよ。
貂蟬　続きを。
贔屓　一番大事なのは一つだけ……龍生九子が「十人」いるわ。

驚く二人——。

贔屓　つまり、塵となっていないあにあね様か、おといもうとがいる。業を背負わせてないのよ……もしくは、業を破った者の命を奪ってないか。
貂蟬　私ではありません。
贔屓　わかってるわよ、あんたじゃない。私たちが逢えないのは互いの背負わせた業を知らないから、だからよ。
貂蟬　私たち九子も選んだものと共に争っている——知れば、力の均衡が崩れる。
贔屓　一番目の子、螭吻の野郎に怒られたのは、あんたらの事。だけど、これを機に誰かを消そうとしてる……あのクソ野郎はね。
貂蟬　何故この事を私たちに？
贔屓　決まってるでしょ。上の九子にいつまでも牛耳られないようにするんだよ、この贔屓は。
貂蟬　……。
贔屓　あれ（誰か）、実はとんでもなく強いわ。才能なら一番。それに比べてあんた、わかって

貂蟬　るでしょ？

贔屓　……董卓様のもとを離れるつもりはありません。

貂蟬　それでもいい。でもあんたの記憶が消えれば、考えも変わるわ。貂蟬としての記憶が消えればね。

贔屓　私は――

貂蟬　安心しなさい。記憶が消えればあんたも、とんでもないものを秘めてるわ。だから私に、協力しなさい。

贔屓　……何を？

貂蟬　私も業を背負わせた奴に困っててね……この贔屓に、考えがあるのよ。

笑う贔屓――ゆっくりと暗くなっていく。

誰か　いけないかなぁ……ビジュアルだけで。

贔屓　うるせえよ。

誰か　あ、ボーっとしてて。

贔屓　すんなよ、舞台だぞここは!!

一瞬の暗闇――。

★

袁紹が長江《ちょうこう》を眺めている――。
そこに入ってくる一人の女――周瑜である。

袁紹　あら、誰だお前？　ただものじゃねえだろ？
周瑜　孫堅配下――周瑜公瑾。
袁紹　へえ……お前か。噂はここまで届いてるぞ。腕も立つ軍師だそうだな。
周瑜　折り入って頼みがあってきた。
袁紹　孫呉は袁術と組んだんだろ？　話は届いてるぞ。
周瑜　……そうだ。
袁紹　って事は、孫堅死んだか……。

驚く周瑜――。

袁紹　今それが全国に知れりゃ、飲み込まれるから来たんだろ？　安心しろ、そんな誰もがやる事に興味ねえよ。
周瑜　大層な器だな……。
袁紹　元より大した敵だとは思ってないだけ、粋がんなくて結構！
周瑜　三公《さんこう》の名門……朝廷と上手く付き合いながら権力を牛耳ったかと思えば、十常侍《じゅうじょうじ》虐殺……。私はお前という人間がわからん……だから逢いに来た。

袁紹　それわからなきゃ名軍師にはなれんぞ。
周瑜　董卓を越えれば、お前と曹操……全国はほぼそうなる。
袁紹　……。
周瑜　私はそう見ている。それだけの器だとは、認めてやろう。
袁紹　……そしてお前は友になる。
周瑜　どういう意味だ？
袁紹　いいや、こっちの話だ。で？……パパ死んだって隠してくれってか？　くだらんぞ。
周瑜　私をこの軍に入れて欲しい。
袁紹　……どして？　飲みてえから、めんどくさいのやめな。嘘なしでいこう。
周瑜　呉の大地は固い——とっくにわかっていると思うが、今、芽吹かせている大地が形になるまでは十年。それまでは、食糧の戦いになる。
袁紹　ええ？　あの土地十年で何とかなるのか？　逆にすげえぞ、お前ら。
周瑜　それだけの器を殿は育ててきた。お前が知らんだけだ。
袁紹　あら、そう。
周瑜　一番の大器を見つめ、その器を育てなければならない。その時間が欲しい。
袁紹　孫策だろ？
周瑜　いや、孫策以上の器だと、私は信じている。
袁紹　ほう……誰だ、そいつは？
周瑜　孫策が弟——孫権。

孫権がいつの間にか、近くにいる。

孫権　髭のおじさん、それは私だ。
周瑜　孫権。
袁紹　こいつ？
孫権　周瑜、上手く取り入ったぞ。報告しようと思ってさ。
袁紹　こいつ？
孫権　そうだよ、髭のおじさん。元気か？
周瑜　孫権。ここは今、冀州南《きしゅう》だ。お前は今どこにいた？
孫権　え？　スペース・ゼロだよ。
周瑜　そうじゃない。お前がいたのは、汝南《じょなん》の袁術のとこだ。
孫権　あいつは性格悪いね。おじさん……いいね。性格いいよ。飲みすぎると豹変する人だな、きっと。
袁紹　うるさいよ。
周瑜　孫権。そんな簡単に来られる距離じゃないんだ。出てきては駄目だ。
孫権　いや、出られるよ。袖から五メートルくらいだもん。
周瑜　孫権、帰りなさい。
孫権　はい。

孫権は――その場を離れていく。

袁紹　あれ？
周瑜　そうだ。
袁紹　ま、ある意味大器なんだけど。
周瑜　あいつの成長速度は驚くべき早さだ。出番の度に、大人になっていく。
袁紹　うそ？　じゃあ芝居終わる頃には？
周瑜　たぶん、立派な大人だ。

孫権が戻ってくる。

孫権　あ、ねえ周瑜……俺の名前、「孫権」だろ？　でも親父の名前は「孫堅」じゃんか。漢字ならわかるけど見てたらわかんないから決めたんだ。「ジュニア」っていうのはどう？
周瑜　孫権。
孫権　え？　どっち？　どっち？　親父？　俺？　どっち？
袁紹　むかつくな。
周瑜　孫権。
孫権　ジュニアだよ。もしくはJ。もしくはジャニーさん。

周瑜　帰りなさい。
孫権　はい。

　孫権は——その場を離れていく。

袁紹　ま、一応漢字と英語の概念は覚えたな。
周瑜　たぶん、大人になる。ならなきゃ知らん。
袁紹　で、あいつの成長を見守りながら、殺さず守りたいわけだ。お前も大変だな、こりゃ。
周瑜　見返りも用意する。これを乗り切った後の軍師は、私が務めよう。
袁紹　相棒との決戦をか？
周瑜　そうだ。
袁紹　ちなみに場所は何処だと思う？
周瑜　……官渡《かんと》。
袁紹　全く……世の中には色んな奴がいるねぇ。
周瑜　どういう意味だ？
袁紹　んじゃお前、反董卓連合軍の軍師やれよ。ちょうどいいや。
周瑜　何を言ってる!?
袁紹　俺の軍に入りたいんだろ？　そういう事だ。
周瑜　務まるわけないだろう。

袁紹　なら、こいつの軍師になれ。それがいい。

入ってくるのは——董卓である。

董卓　あら、プレゼントまで用意してくれるとは、手厚い歓迎かい？
周瑜　董卓……!!
袁紹　いやあ、できればこいつは欲しいんだがな。ま、酒でも一献。
董卓　おお、こりゃあいい。
周瑜　どうしてお前たちが繋がってる⁉
袁紹　ああ、この前ぶち殺しにいくって挨拶しに行ったんだよ、そしたらお礼に来たいって。
周瑜　ふざけるなよ。
董卓　安心しなさい、もうガッツンガッツン殺り合うから。
袁紹　そういう事。ま、一献。
周瑜　……お前ら。

酒を飲む董卓——盃を捨て、

董卓　ああ俺、酒飲めないいんだった……。
袁紹　あらそうなの？

董卓　砂糖水を頼む。ガム抜きで。
袁紹　水だよそれ。
周瑜　答えろ！　お前たちは何を考えてる？

孫権が水を持って入ってくる。

周瑜　早く帰れ、お前は！
孫権　ウ、う、ウォーター。（帰る）
袁紹　世の中には色んな奴がいると言ったろ？　お前もその一人だぞ。
董卓　ほう……お前も、持ってるのか？　やっぱりたくさんいるんだよなぁ……それがややこしくしてる。そう思わないかねぇ？
袁紹　全くだ……。
董卓　孫呉の軍師、醤油。来られるんならこっちに来なさい、続々と集まるから。
袁紹　って言ってるぞ。
董卓　お前が「本当に探してるもの」も、こっちに来りゃわかるかもしれないなぁ、醤油。俺、全部言っちゃうから。「業」!!
周瑜　董卓……。
董卓　ああ、それを伝えに来たんだよ、総大将。急がんと、一気に歴史進めるぞって。器ばっか大事にしてるから、あんた。

袁紹　カチン。
董卓　「カチン」って言う人、初めて見たぞ。いいなぁ、貰っちゃおう。
袁紹　あげるけどわざわざ丁寧だねぇ、あんた。
董卓　だってそれくらいやらないと勝っちゃうんだもん。だからさっきも言ったの、続々と集まるって。総大将次第だから。
袁紹　カチン。
董卓　いいなぁ、それ。醤油、お前が来ちゃうと圧勝で終わるかもだが、来てもいいよぉ。あ、袁ちゃんあんたさ、曹操に言っといてよ、お前の「迅さ」、遅いって。
袁紹　……。
董卓　俺のが全然迅いんだよなぁ。でも袁ちゃんは頼れ、曹操を。
袁紹　なんで？
董卓　だって、お前は人を集めらんないんだよぉ、碌なのが集まらない。それがお前の敗因だ、他は全部あるのに。
袁紹　……ありがとう。それさえ貰えりゃ、充分だ。ぶち殺す、お前を。

盃を叩きつける袁紹。

董卓　あら。
袁紹　ちゃんと知ってくれてんだな、お前。

董卓　認めてるからねぇ。
袁紹　お前の望み通り、頭に血が上ったまま行ってやるよ。楽しませてやる。
董卓　ご馳走様でした。

袁紹がその場を離れていく。

周瑜　……。
董卓　醤油、お前はどうする？
周瑜　答えを出す必要があるか？　どちらか楽しみにしていろ。
董卓　いいねぇ。流石だ、醤油。
周瑜　それと……微妙だから言うの迷ったんだが、周瑜だ。
董卓　知ってる。お醤油……ボケてみたかったんだよぉ。
周瑜　小学生のレベルだぞ、親父。

周瑜がその場を離れていく――。
董卓軍がその場に集っていく。
入ってくる張遼・賈詡――劉協を連れている。

董卓　ほら……迅いだろ、次の場面であっという間だ。

劉協を投げ出す張遼。

董卓　やっぱいいねぇ。迅いわ、張遼は。
張遼　殺しても良かったんですがねぇ。
董卓　貰ったものは、ちゃんと返してやる。お前にな。
張遼　……。
劉協　お前……董卓か。
董卓　はい。
劉協　私に手出しをすれば……
董卓　そもそもその考えがいらん。賈詡、いいよねぇ。
賈詡　……で、あれば。
董卓　張遼、この場で斬り殺せ。
張遼　……本気で言ってんのか？
董卓　いいのいいの、ちゃっちゃとやっちゃって。
張遼　……俺はやるぞ。
董卓　どうぞどうぞ。
劉協　私を殺してどうなる!?　董卓、お前は暴君になるつもりか。

張遼が思い切り劉協に向けて刃を振り下ろす。
だが――首筋で刃が止まる。

張遼　……!?
董卓　はい、そこ貂蟬がいるから。な、張遼。
張遼　おい!?
董卓　先、こっちだ。いいかぁ、そもそも人に上下はないの。産まれた身分とかも関係ないの、「人」にはな。だから今、お前は死んだの。いいねぇ?
劉協　董卓……。
董卓　帝はどうした?　こいつの親父は?
賈詡　であれば、既に暗殺しておきました。病死であると言い切る為に、向かうべき場所があるかと。
張遼　……お前ら。
董卓　という事で、死んだお前を今から帝にする。生まれ変われ。
劉協　……父上。
董卓　悲しむ暇なし。帝になんか、簡単になれるだろ。連れてけ。
賈詡　で、あれば。

賈詡が放心した劉協を連れていく。

張遼　俺の話は終わってねえぞ。ゆっくりいこうやあ。何回言うんだよ。迅さがいいなら曹操んとこ行け。お前には合って
董卓　んじゃねえか。

斬りかかる張遼。
だが刃は止められる——。

董卓　はい、貂蟬。
張遼　ぶち殺してえよ。なんだかな。
貂蟬（声）　いずれ話します——俺から、あなたに。
張遼　貂蟬……。
貂蟬（声）　今は……この人と共に……。
董卓　勝手に話すな、貂蟬。何か好きじゃねえな。
張遼　おい……お前はなんで……貂蟬……
董卓　もう……いないよーん。ゆっくりわかる。
張遼　……。

徐栄、兵士と共に帰ってくる——。

戻ってくる賈詡。

徐栄　……勝つつもりでしたが、負けてしまいました。
董卓　って事は……お前勝っちゃったの⁉　なーんだよぉ。
徐栄　全く謝るつもりはありません。
董卓　ちょっと予定狂っちゃったなぁ。
徐栄　この事に関しては全く反省しておりません。
董卓　謝っても駄目。後でお仕置きな。
徐栄　嫌です。
賈詡　「であれば」を言う隙がありませんが、徐栄が捕虜を捕らえてきました。
董卓　あらそう。
徐栄　連れてきてはいません。
張遼　ややこしいんだよぉ、あんたら‼　こいつは反対を言うのね？　それを理解すればいいのね？
徐栄　反対は言いません。
張遼　ぶち殺すぞ！
董卓　どんなの来たのよ？
賈詡　であれば、猛者。いずれ取るつもりだった猛者たちです。
董卓　ほぅ。

縄に繋がれた許褚と張飛がそこにいる。
縄を解くが、二人は気絶している。

董卓　起こしてちょうだい。
徐栄　ほら、眠れ。
張遼　ややこしいんだよ!!……起きろ。
許褚　う……うう……貴様ら……！

許褚は睨みつけるが――、

許褚　俺は誰だぁ――――!!　思い出せない……ええ……思い出せない!!
張遼　うそん……。
許褚　お前ら何だ!?　敵か、味方か!!　わからんぞ!!　わかっているのは……
董卓　お前がでかいという事だ。
許褚　あんた仲間だな。それだけはわかる。
張遼　すげえな。
董卓　覚えている事はあるか？
許褚　俺……俺……何もわからないけど……一つだけ覚えている言葉がある。「王《おう》さん」って言葉だ。
董卓　そうか。
許褚　あんた、わかるか？「王さん」って言葉の意味。
董卓　それはな、王貞治《おうさだはる》だ。「おうさん」じゃなくて「ワンちゃん」と言う。
許褚　ワン……ちゃん……
董卓　一本足打法でな、別名フラミンゴ。お前の後ろにいる男がワンちゃんだ。
張遼　違《ちげ》えよ!!
許褚　王……貞治さん……俺、わかる。あんたとはずっと一緒にいる気がする！　絶対あんたが

張遼　王さん、いや、ワンちゃんだ。
董卓　いい加減にしろ。
張遼　貂蟬に逢いたくねえのか？
許褚　……（ゆっくり一本足打法）。
張飛　ワンちゃーん!!　ワンちゃーん!!
　　ふざけんじゃねええ!!

張飛が兵士の一人を斬りつける——。
途端に身構える董卓以外の全員——。

張飛　だらだらとくだらん話してんじゃねえよ。一言で片づけるぞ。

董卓　強いじゃん、こいつも。秘めてるもんがある。
張飛　俺は誰だぁ――――――――!!　俺は誰なんだ!!
張遼　やっぱりかい!!
張飛　俺は誰だよぉ……あんた知ってるか……教えてくれよぉ。
許褚　この人に聞けばわかるよ。
董卓　覚えている言葉はあるか？
張飛　俺……俺ずっとなは「兄ぃ」って言葉を覚えてんだ……それしかない。
董卓　「兄ぃ」じゃない……「アニー」だ。ミュージカルだよ、俺は出た事がある。
張遼　絶対違うから。
董卓　お前は、ミュージカルに出る為に、産まれたんだ。
張飛　あんた、すげえよお……一生ついていく。立派な、ミュージカル俳優になる。
董卓　おお。
張飛　何から始めればいいの？
賈詡　であれば発声から――（歌う）はい、皆で。
全員　（歌う）
張遼　ねえ、やめない!?　もうボケるのやめて進まない!?
徐栄　嫌です。
張遼　うるせえよ。
董卓　ま、確かにそうだな。賈詡。

賈詡　であれば向かう先は一つ――「洛陽《らくよう》」。
張遼　何だと⁉
張飛・許褚　ら～く～よ～♪（張遼に斬られる）。
董卓　新しい帝連れて首都に乗り込むのよ。そうすりゃ、敵さんも攻めやすい。

誰かと貂蟬がその場に現れる――。

誰か　スケールでかすぎて笑っちゃうわ。
貂蟬　……この人が続く限り……。
董卓　張遼……行っちゃおうぜ。阻むものは皆殺しで行っちゃおう。
張遼　……。
董卓　ワクワクしたろ、お前。

関羽が飛び込んでくる――。

関羽　董卓‼
誰か　待ってたよぉ……
関羽　天子様を取り返す――全員殺してもだ。
張遼　お前……。

兵士が飛び込んでくる。

賈詡　で、あれば無理かと。
関羽　無理でもやる!!　もう混乱はいらない!!
徐栄　こいつ、やばいくらい弱いですよ。
関羽　董卓!!
董卓　あら怒って……賈詡、こいつは?
賈詡　であれば、黄巾党初代党首・張角。この女が始まりです。
関羽　……。
董卓　お前も記憶喪失なんじゃないの?
関羽　ふざけるな!!
董卓　だとすれば!!　お前、だあれ?
関羽　……私は。
董卓　まあいいや。これでやっと董卓軍が揃ったんだ。
関羽　何だと?
張遼　……本気で言ってんのか?
張飛　そうだ、座長!!　俺、自分の名前思い出してなかったわ。
許褚　俺も!!

董卓　ああ、そうだった……（張飛に）お前の名前は、「呂布」だよ。

驚く張遼と関羽──。

董卓　（許褚に）お前も。答えられなかったお前も呂布だ。
張遼　董卓……。
董卓　さあ洛陽まで進めよう。暴君の限りを尽くして。
董卓軍　で、あれば!!

董卓軍が進軍していく──。

★

場面は──曹操軍へと移っていく。
曹純《そうじゅん》に怒鳴りつけている曹仁がいる。

曹仁　この馬鹿もんがぁ!!　何故徐栄に城門突破を許した⁉　董卓軍なんかに敗北したら、噂が瞬く間に全国に広がる事を配下がわからんでどうする⁉
曹純　されど!!
曹仁　「ですが」はいらん!!……？「されど」って何だ⁉「されど」って!!　言うなら「ですが！」と言え、この馬鹿もんが!!　于禁!!

于禁がミュージカルの衣装を着ている。

于禁　なんでしょう?

曹仁　なんでそんな格好してるんだ、馬鹿もんが!!

于禁　え?　え?　ミュージカルじゃないんですか?　このお芝居。

曹仁　なわけねえだろ!!　わかってるか!?　今、曹操軍は董卓軍に初の敗北を喫したんだぞ!!

　　　この期に及んでミュージカルなどで浮かれてる場合があるか!

于禁　はい。

曹仁　「ですが」はいら……!　おい!!「ですが」は……?

于禁　そうですよね。

曹仁　え……。

于禁　曹仁さんの言う通りですから、やめます。すいませんでした。

曹仁　なら……いい……夏侯恩!!

夏侯恩が飛び込んでくる。

夏侯恩　ハッ!!

曹仁　貴様が徐栄に負けたせいで我が軍は大きな戦力を奪われた!!　この重みがわかってるの

夏侯恩　か⁉

曹仁　はい。

夏侯恩　で……！　わかってるのか？

曹仁　わかっています。一生の恥だと思っています。

夏侯恩　なら……いい。李典《りてん》‼

李典が飛び込んでくる。

曹仁　今すぐだ‼　今すぐお前の兵連れて董卓んとこ乗り込んで来い！　お前たちが死のうとも、許褚を取り戻してこい！

李典　はい。

曹仁　え……

李典　行ってきます。

曹仁　いや、死ぬぞ。

李典　はい。でも行きます。

曹仁　あ、いや……行かなくていい。ちょっと……みんな……集まれ。ちょっとくらい「ですが」やろうよ。だって歌舞伎じゃん。これ、いつもやってるじゃん。初めて今回観た人、俺の「ですが」芸知らないまま終わるじゃん。

全員　いつもスベってるんで。

曹仁　スべったっていいじゃん。いつものやろう？「あいつ全然成長しないな」でも良くない？

全員　人柄が出れば。やろう？　怒るから反抗して。ね、やろう。

曹仁　トン……トン……トン。

全員　あ、そっち行く？　よし、行こう。

曹仁　トントントン！

全員　何だトントンって!!　くだらん!!

曹仁　トントントン!!

全員　こんな事やってる場合じゃないだろうが!!

曹仁　トントントン！　トントントン！　トントントントン!!

曹仁は夏侯惇の出てくる方向にスタンバイする。

全員　トントントン……。

曹仁　出てこんのかーい!!　ここは夏侯惇が出てくるとこだろ……歌舞伎だろ。

音楽が鳴る。

夏侯惇が出てくる。

夏侯惇　さあ始めよう♪今さあ奏でよう♪涙も朽ち果てて♪片目が失せても♪

曹仁　なんでミュージカルなんだよ。
夏侯惇　さあその声で♪

馬超が出てくる。

馬超　今さあ歌いだそう♪馬超の悩みには光が差さない〜♪……（台詞）大将軍……俺……皆に秘密にしてた事がある。それでも俺とステップを一緒に……踏んでくれるかい？
夏侯惇　来いよ。

全員で踊りだす。
于禁のラップが入る。

于禁　これから始まる曹操軍議。カリスマねぇな、マジすまねぇな。これじゃ話も進まねぇな。それでもやりたい自慢の歌舞伎。
全員　馬超でチョンチョン、チョントントン、トントントントン夏侯惇‼
曹仁　うるせえよ‼　この為だったのかよ。
夏侯惇　相変わらずうるせえな、曹仁。俺たちが入ってくるまでのお前はフリでしかないのに。
曹仁　黙れ‼　なんでお前はこいつらに人気があるんだよ。お前らもな、いちいち付き合わなくていいんだよ。

全員　はい。
夏侯惇　よし、やる事がある。進めるぞ。
曹仁　え……「ですが」は？
馬超　イジメてんなぁ!!　曹仁さん、明るいイジメって良いよな！
曹仁　良くはねえよ。
夏侯惇　孟徳から登用の件を任されてる――使えんものは俺が斬る。いいな。
全員　ハッ!!
馬超　あ、大将軍……！　今、俺ここにいるわけいかねえんだよ。俺には……いろ。
馬超　でも俺、啖呵切って出てったわけだし……それはやっぱよくねえだろ？
夏侯惇　いいか悪いかは俺が決める。残っとけ。
夏侯惇　それに……
馬超　お前は董卓の所にいるんだろ？　ここでの全てを持って帰れ。どんなことがあってもだ。
夏侯惇　大将軍……。
馬超　天下獲るには、それくらいのがいいだろ？
夏侯惇　格好いい――!!　俺、死んでも残るわ。残って死んでも董卓にチクるわ！　全部チクるわ!!
馬超　馬鹿なのかな？　この子は。
曹仁　入れ。
夏侯惇

入ってくるのは——荀彧である。

荀彧　……荀彧文若と申します。曹操殿に登用していただき……

夏侯惇　入れ。

荀彧　え？　え？　早くないですか？

夏侯惇　決まりだ。

曹仁　いくら何でも早すぎるだろ？

夏侯惇　……お前、歌えるか？

荀彧　あ、はい。

夏侯惇　入れ。

曹仁　そこかよ!!

夏侯惇　もう一人、連れて来てるのがいるんだろ？　そいつの話が先だ。次第によっちゃ、お前も殺す。

荀彧　……そこまで、見抜かれていましたか？

夏侯惇　それでいいよな、孟徳!!

音楽——。

曹操が入ってくると思いきや——岩である。

岩　軍議を始める!!
曹仁　お前かよ!!
全員　ハーッ!!
曹仁　なんでだよ?
曹操　それでいい。

後ろから入ってくるのは、「曹操孟徳《そうそうもうとく》」である。

曹操　この男を我が軍の軍師とせよ。これ以後、口を挟む事は許さん。
全員　ハーッ!!
荀彧　わ、私がですか?
曹仁　孟徳……。
曹操　董卓の思いつかん策を張り巡らせろ、連合軍への手土産としてな。
荀彧　そんな……いきなりの大役……
夏侯惇　早く呼べよ、後ろの男を。
曹操　その通り。これは生き延びられたら、の話だ。
曹仁　お前に策が……あるんだな……。
曹操　(岩に)ハーッ!!

曹仁　なんでだよ⁉
岩　赤い……お殿様、僕がこんな赤い衣装を着ていいんですか？　僕は岩なのに。
曹操　いいんだ、ぴったりと俺にくっつけ。
岩　本当にいいんですか、赤いお殿様？
曹操　お前はまだ知らない。実はな……お前が知らないだけで、みーんな岩から産まれてきてるんだ。俺も、惇も、馬超も……ここにいるみんなもだ。
岩　そんなの……聞いてなかったよ赤いお殿様。本当に？
曹操　本当だ。
曹仁　どうしてこんなに長々と嘘をつくの。
荀彧　では――呼びます。
岩　赤いお殿様、僕は「惇」って響きが、とても好きだ。
夏侯惇　それはお前が――豚でもあるからだ。
岩　本当に？
夏侯惇　本当だ。
曹仁　早く進めろよ。
荀彧　呼びます――公孫瓚配下・趙雲子……。
馬超　僕は馬だよ。君が豚であるように、僕は美しい馬だ。
岩　本当に？
馬超　本当だ。

荀彧　えっと……趙雲子……
岩　赤いお殿様、僕も豚になる。美しい豚……ビトンになる。
全員　トントントン……トントントン……トントントントントンルイヴィト……

趙雲が飛び込んでくる。

趙雲　早く呼べよ‼　いつまでやってんだ‼
全員　あ……。
趙雲　一つ言っとく‼　どうしてそこまでボケたがる？
曹操　俺たちはな、時間の配分がわからないんだ。
趙雲　何年やってんだよ。
夏侯惇　久しぶりだな趙雲。俺の片目を奪って以来だ——

途端に——曹操軍が殺戮の構えを予感させる。

曹仁　何だと……⁉
趙雲　……あの時の事……俺は……

睨み合う趙雲VS曹操軍。

舞台ゆっくり暗くなり——暗転していく。

趙雲　ここ端折《はしょ》るのかよ!!　まだ喋ってるぞ!!

場面は——戻り、一瞬で趙雲の首元に全員の刀。

趙雲　汚すぎるだろ⁉
曹操　何でもできるんだ、俺たちはな。もう一度暗くしたらお前を全裸にする事だってできる。
趙雲　頭おかしいのか。
夏侯惇　さあ、始めるぞ。

睨み合いながら、一つのハケ口に全員ハケる。

趙雲　始めろよ!!　馬鹿野郎!!

全員退場。

★

夜更け近く——袁紹の下に——袁術が来る。

袁術　なあ、兄ちゃん。旗頭……俺に譲ってくれねえかな？

袁紹　なんで？

袁術　だって兄ちゃん、全部うまくやっちゃうんだもんよ、戦強《つえ》えしさ。俺だって頭絞って考えてるんだぜ。兄ちゃんの武と、俺の才合わせりゃ、他のどんな武将だって敵いやしねえよ……。

袁紹　俺、お前の事好きじゃねえもん。

袁術　何言ってんだよ、兄弟だぞ。兄と弟と書いて兄弟と読むんです。人という字は……

袁紹　似てるけども。お前、嘘つく時いつも物まねな。

袁術　兄ちゃん、頼む。頼む……。

袁紹　……わかったよ。約束だ。

袁術　本当⁉　兄ちゃんだから「大好き‼（物まね）」俺さ、孫堅のとこ全部奪っていくから、そしたら半分あげるね。兄ちゃんもさ、曹操んとこ、潰したら半分頂戴ね。二人で天下を獲ってこう‼

袁紹　なあ、袁術。天下とは何だと思う？

袁術　何？　いきなり思想モード入って。得意の酔っぱらい？　キレちゃだめだよ。

袁紹　黙ってろ。俺はな、考えるんだ。天下とは……「殻」だ。

夜の虫の音——暗闇になっていく。

★

趙雲の喉元に——全員の剣が突き立てられている。

趙雲　ここに戻ってくるの、滅茶苦茶恥ずかしいんだけど……。
馬超　でも、ちゃんとそこの袖から一緒に入ってきたよ。やっぱあんた、いい人なんだな！
趙雲　恥ずかしいからやめろ。
曹操　そっからでも切り抜けられんだろ、お前なら。
夏侯惇　だが、その後は俺がいる。
趙雲　……。
曹操　荀彧文若。この男を取り込むならどうしたらいい。策を論ぜよ。
荀彧　……私の名を……しかし……
曹操　頭に浮かんだものを全て話せ。但し、最も迅いものだけだ。

荀彧に刃を突きつける夏侯惇。

夏侯惇　殺すと言ってある。
曹操　お前の名を呼ぶのは一度か？
荀彧　いえ。公孫瓚殿を……人質に取る事、もしくは殺す事。
趙雲　……貴様。
荀彧　それでも折れなければ、この男を殺しましょう。敵であれば中華の覇業には、邪魔なだけ

曹操　です……。
趙雲　上出来だ。
曹操　貴様……育てて貰った恩を忘れ……絶対に許さんぞ。
于禁　于禁。
荀彧　既に公孫瓚の城は典韋・夏侯淵《かこうえん》により包囲――並みいる軍勢も抑えてあります。喉元です。
趙雲　曹操殿……。
曹操　貴様……!!　公孫瓚様はお前の下に入れと、書簡までくださってるんだぞ!!
趙雲　頼んではいないな。
曹操　絶対に……
夏侯惇　選べ。我が軍に入るか、荀彧の策か、どちらかだ。
答えは決まってる。

趙雲を殴りつける夏侯惇。
岩が趙雲に岩をプレゼントする。

趙雲　いらねえよ!!
曹操　言ったろ、お前に感謝してると。その礼だ。

劉備が入ってくる――。

劉備　趙雲……!!　馬超……!!
馬超　兄ぃ……。
曹操　こいつがいれば安心だろ？　もとより、公孫瓚の望みでもある。
劉備　張飛が取られた……命が危ねえ……関羽もいねえんだ。
曹仁　孟徳……まさか……許褚も……
夏侯惇　当たり前だろうが。
曹仁　董卓……ぶち殺す。
曹操　劉備――この通り、お前の仲間はいない。馬超は裏切り、欲しい趙雲もお前の手にない。何故だと思う？
劉備　……曹操殿。だから俺はあんたと手を組んで……
曹操　質問に答えろ。何故だと思う？
劉備　……威圧すんじゃねえよ!!　殻だよ!!　この殻を越えりゃ、天下に名だたる武将は全部俺のもんだ!!　文句あるか!!
曹操　惇、どうだ？
夏侯惇　始めるぞ。
曹操　ならば劉備――俺とお前は共に歩こう。
劉備　……おい……。
曹操　馬超、お前がこの董卓連合軍の軍師だ。

馬超　俺が⁉　ちょっと待ってくれ……曹操様……俺にできるわけ……
曹操　劉備が先に名を呼んだのは、趙雲だったぞ。それがお前だ。
馬超　……曹操様。
夏侯惇　全軍、「殻」とは何だ⁉

——全員が答えない中——。

劉備　破る為にあるんだよ‼
曹操　ダセえな。一番くだらん言葉だ。そう思わんか？　馬超。
馬超　……。
劉備　曹操てめぇ……。
曹操　この戦、自らの殻でやれ。生まれ持った自分のままで天下まで登りつめろ。それが己だ。
全軍　ハーッ‼
劉備　……曹操てめえ。
曹操　その先にあるのが董卓よ。

音楽。
袁紹が袁術の前で旗を揚げる。
各諸侯がそれぞれ旗を掲げ——呉が立ち上がる。

その先に董卓軍が見える——反董卓連合が決起する。

貂蟬　あなたに逢えると思って……ここにいました。
張遼　……貂蟬。
貂蟬　あなたに言いたい言葉があったので。
張遼　……何だ？
貂蟬　あなたに殺された——あの日に。

——舞台、ゆっくりと暗くなっていく。

ACT Ⅱ　十子

——客席。
張飛がうろうろしている。

張飛　あれ———？　ここら辺に敵がいるって言ってたけどなぁ……ひょっとして、道に迷っちゃったのかなぁ？　何かあれだな、いつでもそうだよなぁ。え？　いつでも？……どういう事だ？　今、俺の記憶が鼓動したとでも……私の頭の中の消しゴムが……気のせいだな。俺、道に迷うタイプじゃねえもん。

反対側の客席で——許褚がうろうろしている。

許褚　あれぇ？……ここら辺に敵がいるって、ワンちゃんとミスターが言ってたんだけどなぁ。
張飛　おう呂布2!!
許褚　おう呂布2!!

二人　おいちょっと待て!!
張飛　なんで俺が呂布2なんだよ。俺は呂布1、お前が呂布2だろ。
許褚　違うよ!!　俺のが先に記憶を思い出しただろ!?　兄貴だよ！　だから俺が呂布1で弟が呂布2だろ!?
張飛　馬鹿野郎。俺は絶対呂布1がいい。
許褚　駄目!!　自分で言ってたろ？　兄ぃって！　弟だから呂布2！
張飛　「兄ぃ」……!?　何だ……何だ……
許褚　頭の中の消しゴムか……？
張飛　ミュージカルだよ。俺ら……数字がつく役じゃなくて主役になりたいな。
許褚　そこまでは力合わせよう。
二人　ペイ。

馬超が入ってくる。

馬超　ったく……どうすりゃいいんだよ、全く……。
二人　ああ!!
馬超　俺、董卓様んとこいるし……連合軍の軍師だし……板挟みじゃんか……。
二人　おい!!
馬超　兄ぃ!!　何してんだよ!!

二人　可愛い顔してる――――!!　俺たちの劇団に入らないか？
馬超　はい？
張飛　今、俺たちはな……良質なミュージカルを創ってる。
許褚　今なら君に、呂布3を用意しよう。
馬超　何だそれ!?　っていうか兄ぃ、何してるんだよ？
張飛　やっぱりアニー。こいつは俺を知ってる。そして
許褚　アニーと呼ぶ。間違ってなかったな、ミスターの言う事は。
二人　いいぞ――呂布3！　ミュージカルはいいぞぉ!!
馬超　馬鹿言うんじゃねえよ。俺は今大変なんだから……
二人　すっげえ楽しいぞ――――！
　入る。
三人　ペイ！
張飛　よし!!　これで最強の呂布ガキ隊が揃った。早くナンバー完成させないとな、二幕が始まってしまう。一幕終わりまでに完成させるぞ。
三人　ペイ！

――雷鳴が鳴り響く。

三人　ええ!!　もう始まってんの!?　二幕始まってんの!?

逃げ出す三人。
——舞台、幕が開くと董卓が座っている。
傍らには、賈詡。

董卓　はあい。二幕が始まったのね、順調順調。

書き物をしている董卓——。

董卓　ちゃっちゃと行くぞ——あっという間に二幕終わらせるから。心配してるでしょう？　長くはならない、なあ賈詡。
賈詡　で、あれば五分五分と言った所でしょうね。
董卓　うそん。やだよぉ。疲れちゃうもん。洛陽着いちゃえばいいんだよ。
賈詡　……で、あれば、忘れた頃には。
董卓　言うねぇ。急ぐよ、帝ちゃん。

劉協が連れられてくる。
その後ろには——関羽。

董卓　お、ちゃんといるね、関羽。
関羽　天子様を御守りするだけだ——混乱を治め、戻っていただく。
董卓　帝ね。帝ちゃん、こいつに殺されそうになった事あったろ？
劉協　……どうしてそれを？
関羽　お前……。
董卓　俺はね、何でもできるのよ。それが俺の……

誰かが入ってくる。

誰か　業です!!　二幕億千万。
董卓　……見えていない、と。あれ？　予想外れたわ。

書きこむ董卓——。

関羽　何でもできるとはどういう事だ？
董卓　だーめ。この会話を続けると、長くなっちゃうから。洛陽へ急ぐ。
関羽　董卓。
董卓　覚えておけ。悩み事を解決するのに時間をかけるな。それさえなきゃ、すぐ終わるんだ。
関羽　……。

誰か　俺もそう思う。
董卓　一緒だろ、結果は。賈詡、急げ。
賈詡　であれば連合軍の先陣は――袁術。張遼が行きます。

――張遼が敵を斬り刻んでいる。

張遼　俺の事、覚えてる――!?　元袁術軍――張遼です。弱《よえ》えんだよな――袁術って。

魯粛率いる――呉の兵が立ちはだかる。

張遼　袁術じゃねえな……こりゃ。

魯粛VS張遼――斬り合いながらその場を離れていく。

★

敵を斬り刻んでいる徐栄――。

賈詡　張遼が突破するのを見越すのであれば――屈強なる曹操軍には――徐栄。

徐栄のもとに――于禁がやってくる。

于禁　私は平均の男です。無駄な戦いはしません。ですが何故か前線を……

徐栄　強い……。

于禁　あ、強くはありません。ちなみに弱くもありません。あくまで、平均です。

徐栄が于禁だけを残し——追い詰める。

飛び出る岩。

徐栄に意味のわからない攻撃を続ける。

徐栄　どっちかわかりません。

岩に翻弄される徐栄——。

★

袁紹のもとに、袁術が飛び込んでくる——。

袁術　にいちゃんにいちゃん。

袁紹　どうした弟よ。

袁術　どうしたよじゃないでしょう!!　旗頭にしてくれるって言ったじゃん！「約束だ」まで言って普通に裏切るかな?

袁紹　忘れてた。酔ってたからじゃないかな？
袁術　じゃあ、あの場面いるか⁉
袁紹　もう言っちゃったからしょうがないじゃん。
袁術　作戦は⁉
袁紹　何が？
袁術　だから何か作戦があるのかって聞いてんの⁉　戦始まってんだぞ！
袁紹　ねえよ、そんなもん。
袁術　はあ？
袁紹　派手にやりゃいいんだ、開戦だぞ。最初から策を張り巡らしてどうする？　ダセえだろ、そんなの。
袁術　……いや……
袁紹　袁術、お前は大局を見てる振りをして目の前の事しか見えてないんだよなぁ。よくあるんだよ、そういう事。
袁術　……（小声で）死んでしまえ、クソ兄貴が。
袁紹　そういう事言うなよ。
袁術　聞こえてた？
袁紹　聞こえてるよ、舞台なんだから。
袁術　……いや、あの……。
袁紹　お前、最前線決定な。

袁術　ちょっと待ってくれよ兄ちゃん！　俺今、大変なんだよ！　ここで趙雲にでも遭ったら、さ。

孫権が入ってくる。

袁術　そうだ、おい孫権てめぇ……俺の護衛をしろ、な、いいな。
孫権　（殴る）やるか馬鹿野郎。
袁術　はあ？
孫権　てめぇの言う事なんか聞くか。いいか、次、俺の前に面を出したらボコる。マジぼこな、お前。
袁術　いやお前、自分の立場わかってる？
孫権　知るか、そんなもん。俺は俺で肩で風切って歩いてんだ。
袁紹　うん、反抗期だな。ちゃんと成長はしてる。
孫権　袁紹の兄貴――俺、とにかくもう学校や家には帰りたくないんだ。
袁紹　やる事は一つ、盗んだバイクで走り出せ。
孫権　兄貴!!

袁術を殴り、その場を離れる孫権。

袁術　俺……本音を言うと皆が嫌いだわ。
袁紹　それでいい。さあ行こう。派手に負けてこい、顔良。

袁紹の目の前で顔良が戦っている――。
入ってくる貂蝉――。

顔良　袁紹が配下――顔良。名乗れや、小僧。
貂蝉　……。

顔良VS貂蝉――。
見る見るうちに――貂蝉が圧していく。

貂蝉　申し訳ないが、使うまでもない。
顔良　てめぇ……。

顔良へのとどめは――「誰か」が刺す。

誰か　だよねぇ――。貂蝉、洛陽入城に足を運べってさ。
貂蝉　はい……。

誰か　あ、ちなみにお前に聞くんだけどさぁ、九子やめる気ないよな？
貂蟬　……どうして？
誰か　あ、なんとなく。
貂蟬　……。

——その場を離れていく貂蟬。
馬超が必死に作戦を考えている。

馬超　袁紹殿から戦が始まるわけだから、まずは顔良をぶつけて——

兵士が飛び込んでくる。

兵士　袁紹配下・顔良軍!!　撤退!!
馬超　あ、そう。やっぱ……か。曹操軍は——と。

曹仁が前線に飛び込んでいく。

曹仁　策などいらん!!　袁紹はそう言った。気合を入れていけ!!

許褚が飛び込んでくる。

曹仁　許褚……!!　生きていたのか!?　許褚!!

曹仁を一網打尽にする許褚。

曹仁　……許褚……どうして。

――とどめは張飛が刺す。

許褚　あんただけは思い出さなくてもわかる。敵だ。
曹仁　なんでだよ。
張飛　お前如きが武器を持つな。鎖鎌が可哀想だ。
兵士　曹操軍第二陣・曹仁様、敗戦いたしました!!
馬超　だよねぇ……えっと。孫呉だけは――

――孫権が自転車で走っている。

兵士　孫堅軍・孫権!!　バイクで走っています。

馬超　なんでだよ、もう……俺、こんな事してる場合じゃないのに。もういいや、ぶち込んでやる。

劉備と曹操がともにいる――。
曹操が敵を斬り刻んでいる。

劉備　おい曹操!!　前線に出る大将なんて聞いた事ねえぞ。
曹操　誰がその概念を決めたんだ？
劉備　当たり前だろうが!!　大将が死んだら天下が意味ねえだろ。
曹操　天下とは何だ？
劉備　天下とは――俺の幸せだよ。俺の笑顔が幸せなんだ。
曹操　……その通りかもしれん。
劉備　え？　ありがとう。
曹操　ハゲてはいるがな。
劉備　いる？　それ。
曹操　劉備、器を磨いておけ。これから出逢うどんな大将よりもな。
劉備　お前に言われる筋合いはない。俺の配下はすげえんだぞ。
曹操　それだけは、俺も負けたくないんでな。

曹操の後ろから夏侯惇が飛び込み、一網打尽に斬り込んでくる。

夏侯惇　董卓ってのはなんでここまで来たんだろうなぁ。別に怖い事はねえよ。
曹操　それ故に。大きくしてやる。
夏侯惇　どういう意味だ。
曹操　何を考えてるのかが全くわからん。つまりは惇……わかる事はある。
劉備　どういう意味だよ。
夏侯惇　俺らと同じ事をしてんだな。
曹操　いや、それだけではない。袁紹、孫堅、袁術――全ての諸侯をだ。
劉備　俺入ってなかったけど。
夏侯惇　最初にやられると鬱陶しいな。
曹操　だからこそ丁重に扱え。先輩だぞ。
夏侯惇　鬱陶しい。
劉備　全然意味がわからないんだけど。
曹操　洛陽入城まで、せいぜい苦戦してやれ、惇。
夏侯惇　あいよ。

劉備を連れてその場を離れる曹操――。
夏侯惇が瞬く間に敵を一網打尽にする。

夏侯惇　あ……頑張れよ、お前ら。

斬りながら夏侯惇がその場を離れていく。
入れ代わる様に――周瑜が敵を斬り刻んでいる。
だが斬っているのは連合軍である。
入ってくる賈詡。

賈詡　これは連合軍、であれば、――あなたは我が董卓軍の軍門に下ったと。
周瑜　洛陽まで連れていけ。
賈詡　であれば……但し、私は業など信用してはおりません。
周瑜　何でも話すんだな、董卓は。
賈詡　その答えであれば、そうは思っていませんよ。
周瑜　……連合軍を侮るな。足並みを揃える前に叩かんと痛い目を見るぞ。
賈詡　で、あれば既に連合軍には快勝――天子を連れ、朝廷の実権を掌握しました。

全董卓軍が揃っている――。

周瑜　お前ら。

賈詡　劉協様は献帝即位——ここに、新しい皇帝が誕生いたしました。
董卓　……さあ、器が揃ったな。酒池肉林を……始めよう。
周瑜　……。

★

舞台、ゆっくりと暗転していく。
張遼が座っている——そこに入ってくる董卓。

董卓　……どうした張遼。おセンチに。
張遼　あんたを待ってたんだよ。話して貰うぞ。
董卓　まあ酒でもゆっくり飲もうじゃ……
張遼　飲めねえだろうが。何回繰り返すんだ、あんた。
董卓　そうだったか？　まあ、洛陽まで進んだんだ。
張遼　貂蟬は俺が殺した……何故いる？
董卓　うそ、なんで殺したの？
張遼　知ってんだろ？
董卓　知ってたような知ってないようなもんだ。で、なんで？
張遼　俺の天下獲りに……邪魔だったからだ。
董卓　いい言葉だなぁ、それは。「匈奴《きょうど》」だろ……お前も奴も……で？　何があったの？

張遼　俺の質問が先だ。
董卓　じゃあ一つ……先の話をしなさい。この時こんな事があったからどうだ、とかいらんいらん……物語ってのはな、終わらねえんだよ。
張遼　……意味がわからん。
董卓　んじゃ……本人に聞け。さっきからいるぞ。

いつの間にか、貂蟬がいる。
その場を離れる董卓。

貂蟬　……。
貂蟬　想いが強すぎるのが――天にいる龍様が子に生まれ変わらせる理由だそうです。
張遼　じゃあお前は……
貂蟬　人では、ありません。私が現れるのは、それが私の特性だから。
張遼　……そうか。
貂蟬　信じないのですか？
張遼　……どうでもいい。で……何の為にここにいる？
貂蟬　私が選んだ董卓様が天下を獲れば――私は生まれ変われる。
張遼　生き返んのか？
貂蟬　いえ、生まれ変わるんです。あなたと天下を、共にする為に……「呂布」として。

驚く張遼——その会話を、周瑜が聞いている。

周瑜　……。

場面は夜に変わっていく——。
袁紹のもとに顔良が入ってくる。

顔良　袁紹、すまん……俺は、恥ずかしい。
袁紹　どうした、いきなり。
顔良　強くなる。そう決めた、あんたのもとで。だが、たぶん……俺には力が足りない。
袁紹　珍しいじゃねえか、お前にしちゃ。
顔良　あんたに恥をかかせるなら、死にたい。本気でそう思う。
袁紹　なら、顔良……これ以後、弱気になったら歌え。それができないなら、死ね。
顔良　袁紹……。
袁紹　それだけやりゃあ、いい。宴の袁紹軍だぞ。そして絶対死ぬな。
顔良　……うん!!

顔良がその場を離れていく。

袁紹　さてと、始めましょうかねぇ。

そこに曹操と劉備、夏侯惇がやって来る。

袁紹　よう、相棒。久し振りじゃねえか。
曹操　随分と派手な負けだな、これは。
袁紹　格好良かったろ？　ちょっくら頭に来る事を言われたんでな。
馬超　すまん……俺のせいで。
夏侯惇　全てが計算通りだ。お前で勝ってたら、俺らは負ける。
馬超　マジかよ……んじゃ立ち直る。
劉備　早いな。もうちょっと落ち込めよ。
袁紹　何？　このきったねえの。
劉備　誰がきたねえんだよ!!　わかんねえのか！　俺が中山清王《ちゅうざんせいおう》の血を引く、劉備様だ。袁紹覚えとけ。
袁紹　きったねえな。
馬超　もうちょっと落ち込めよ。
劉備　うるせえ!!　いいんだ、そんな話は！　諸侯にも不穏な空気が流れてる。誰の責任か？みたいな演説を袁術が集めてやってるぞ。

馬超　本当にすまん……。
劉備　お前恥かかせんなよ、俺の配下だぞ。本当、気をつけろよ。
袁紹　連合軍軍師は、このきったねえのんとこにいるのか？　へえ……。
曹操　俺の推薦だ。
袁紹　相棒……俺も推薦したい奴がいたんだが……どうやらあっちに行ったようだ。

笑う袁紹。

夏侯惇　とりあえず、単騎行動でいいか？　やりてえ事あんだわ。
袁紹　よし、許す。
劉備　いいのかよ、そんな事して。まだ諸侯集まってないのに。
夏侯惇　劉備、孟徳がお前を気に入ってなかったら今すぐ殺すとこだ。
劉備　な、なんでだよ？　理由を言えよ。
夏侯惇　理由はない。
劉備　まあさ、一旦ここは――待った方が良くねえか？　次、負けたら……あんたらも、馬超持ってる俺も、責任かかっちゃうじゃん。な。
袁紹　いや。
劉備　どうして？
曹操　人が勝てん世の中などいらん。策はそれでいい。

劉備　どういう意味だよ。
曹操　馬超……だからお前になる。
馬超　曹操様、俺にも確かに、意味がわからねぇよ。
曹操　構わん。だが、その事を覚えておけ。
馬超　……曹操様。
夏侯惇　親父を人質に取られてんだろ？……お前は。だから董卓んとこにいる。
馬超　……どうしてそれを？
曹操　迅さしかないんでなぁ、俺らは。見返りに黄巾を手に入れてこいと、言われた。
馬超　……。
袁紹　あ、董卓がな、お前の迅さ、全然迅くないって言ってたよ。
曹操　カチン。
袁紹　おかえり相棒。
劉備　待てコラ……お前ら!!　俺は何も知らねえぞ！　馬超の事も……董卓の事も……てめえらだけでわかったような会話するんじゃねえや!!
曹操　劉備……今回だけは笑いはいらん。お前には、地獄を見せてやる。
劉備　……。
袁紹　買ってるねぇ。
夏侯惇　馬超……どこかの戦場で逢う事もあるだろう。強くなれ。

そのまま離れていく夏侯惇。

袁紹　さて、時間だ。

連合軍・幕僚——諸侯に加え——袁紹・袁術・馬超・劉備・曹操がいる。

袁紹　さて……どうしちゃおうねぇ。
曹操　やる事は決まってる。いい戦だ。
袁紹　そうだな、相棒。
袁術　何言ってんだ、曹操。劉協、帝にされて洛陽取られてんだぞ。こんな恥、見た事ねえからな。
袁紹　袁術、兄ちゃんだぞ。
袁術　俺が指揮を執ってりゃ勝ってた。兄ちゃん悪《わり》いけど、連合軍諸侯の意見だ。仲良しコンビじゃ駄目なんじゃないの。
曹操　確かに。それはあるな。
袁術　余裕気取るんじゃねえよ。敗戦処理の責任だけはきっちり取ろうな、兄ちゃん。
袁紹　はあい。
袁術　俺は受けねえぞ。この負け戦の処理には付き合うつもりはない。
袁紹　俺は総大将を降りる——責任を取ってな。

袁術　おいおい、じゃあ誰がやるんだって……。
曹操　劉備だ――
劉備　俺が……!?

――諸侯全員が驚く。

曹操　嘘だ。
劉備　もうよくない？　嘘……やめよう。
袁紹　次は本当で、こいつだ。

孫権が入ってくる――。

孫権　私が連合軍を仕切る孫権だ。皆のもの、よろしく。
袁術　はあ!?
孫権　若さゆえグレた事もあったが、それもいい経験になりました。誠実に、行こうと思っています。
袁紹　大人になった。
孫権　ありがとうございます。あなたがいなければ、更生できなかった。では軍師君、行こう。
馬超　……。

袁術　待てコラ。いい加減にしろよ。
曹操　諸侯ども聞け、納得いかないものは前に出よ。この曹操軍がすぐにでも潰す。
袁紹　何言ってんだ相棒、もう金で全員押さえてる。金持ちなんだ、俺。
曹操　最高じゃねえか。
孫権　軍師君、あなたの思うままの……策を。
馬超　……。
劉備　……馬超。
曹操　てめえで行けと言ったはずだが。策を言え、それがお前の答えになる。
馬超　……俺のままで行く。全軍、好きに動け。後は俺が何とかする。
孫権　全軍！　行くぞ!!
一同　オーッ！

袁術、劉備以外の人間が動き出していく。

劉備　……。

劉備は傷ついている——。

劉備　くそ……結局俺は一人じゃねえか……どこにいんだよ、みんなよぉ……

失意の劉備がいる。

★

趙雲のもとへ、荀彧がやって来る。

荀彧　あなたは、行かないんですか？
趙雲　よく俺の前に顔を出せたな。
荀彧　仲間ですから。

荀彧を斬りつける趙雲。

趙雲　言ったはずだ。仲間と言えば殺すと……公孫瓚様から全てを奪うな……あの人は優しい人だ。
荀彧　その優しさに甘えているから苦労するのですよ。
趙雲　何だと？
荀彧　ここで斬られるなら本望。私の殻はそこまでという事でしょう。
趙雲　……荀彧。お前も曹操ごときの謎かけに惑わされるのか？
荀彧　黄巾討伐の時点で——曹操殿は董卓討伐を各諸侯に持ちかけた。無論、公孫瓚様の前でもです。それも断られる前提で。

趙雲　……それがどうした？

荀彧　それは、この時を待ち構えていたからではありませんか！　各諸侯が手柄の小競り合いを続けているうちに、董卓軍は強大になる。戦うべき場所を一つに絞る為に……それは、曹操殿が勝てると予期しての事でしょう。

趙雲　どうでもいい!!

荀彧　では公孫瓚様は田舎の一太守《たいしゅ》です。あの人には策がない。無論、私も！　そしてあなたも!!　誰も考えに気付けない！　そのせいで主君は天下も見られず、田舎の一太守に終わるんだ。あんたのクソみたいな優しさのせいだ！

趙雲　……。

荀彧　何故あえてこの場所を曹操孟徳が選んだか。私はそれを知りたい！　それに気付ければ、どれほどあの人が幸せな顔をするか。

趙雲　……荀彧。

荀彧　私に出て行けと命じたのは公孫瓚様です。無論、あなたにもでしょう。いつまで頭の固い男でいますか？　それでいいなら一生そうしてろ！

荀彧がその場を離れていく――。

岩が、岩を持って入ってくる。

岩　頭が固い方がいいならどうぞ。

趙雲　ごめん……本当一人にして。

岩がその場を離れていく。

★

董卓が酒を飲んでいる――。

董卓　あー。なんでこんなうまくないんだろ？

入ってくるのは周瑜である。

周瑜　お前は酒も飲めんのに、何故それを繰り返す。
董卓　あれ、そうだったか？
周瑜　お前の業は……「繰り返さなければならない」か？
董卓　違うなぁ。ま、知らねえんだけど。
周瑜　知らない？
董卓　この話、どっかでしたからもうしない。こっちの都合でしょ。飛ばせ。
周瑜　……わかっていると思うが、この場所に長居するつもりはない。
董卓　……。

董卓は周瑜を見つめ、

周瑜　何だ。
董卓　いいや、いい言葉だねぇ。わかってるよ。連合軍でこの先、脅威となる敵をやっておきたんだろう？　結構結構。
周瑜　余裕だな……お前は業を背負い、天下を獲れる気でいるのか？
董卓　あんた、どうなの？　周瑜ちゃん。
周瑜　私は……
董卓　孫呉一族に天下を与えたい、だろ？　それもわかるから飛ばせ。
周瑜　……ならお前の答えを聞かせろ。
董卓　天下って何だよ？　俺は、もう獲ってるんだけどなぁ。……だから教えておいてやる。お前は綺麗事しかねえんだよ、選ばれてるくせに。
周瑜　……どういう意味だ。
董卓　そのまんまの意味だろ。大事なものなんて、一つだ。それを大事にすりゃ、他は全部！敵になる。全部だ。それが嫌なら、降りなさい。
周瑜　董卓……。
董卓　俺なんてそこまでわかってるのにねぇ。

寂しく酒を飲み、捨てる董卓。

張遼が入ってくる――。

張遼　洛陽の様子は……（周瑜に気付き）誰だ、こいつ？　見た事あるんだけどなぁ。
周瑜　……。
董卓　ああ、袁ちゃん所から貰ってきた武将だ。こいつぁ良いぞ。
張遼　本当かよ？　違うように見えるけどな。名は？
董卓　呂布だ、それでいい。
周瑜　ふざけた事抜かすな。

張飛と許褚が飛び込んでくる。

二人　呂布――‼
張遼　うるせえよ、いつまでやってんだ。
許褚　君には、呂布4という名前をあげよう。
張飛　呂布5は今、いないんだ。だから呂布ガキ隊は、活動休止中です。
許褚　だからね、考えたんだ。人数を増やして、新しいユニットを。
張飛　そう。馬超が戻ってきたら、俺たちは「赤兎馬《せきとば》」になる。
周瑜　三人でやってくれ。

徐栄が飛び込んでくる。

徐栄　ご報告申し上げません!!　曹操孟徳配下・複数の夏侯惇元譲が攻めてきてはいません！

張遼　その勢いはとても緩やか！　我が配下にことごとく蹴散らされています!!　すげえ弱い!!

徐栄　何故お前が報告に来た⁉　理解に時間がかかるんだよ！

董卓　謝りません!!

周瑜　相当、自信があるんだねぇ。どうだ？

二人　かなりのもんだと聞く。……私が行こう。

徐栄　赤兎馬！

董卓　私は行きたくありません。

　　　お前は行かんでいい。

貂蟬が入ってくる――。

貂蟬　私が行きましょう――

董卓　取れたら、欲しいねぇそんな豪傑。

張遼　……俺も行く。

二人　ホームラン王!!

張遼　あんたに一つ言っておく。あんまその呂布って名前つけんな。

董卓　……なんで？

張遼　その名前になる奴がいるからだよ。

貂蝉　……。

周瑜　行くぞ。

張遼・貂蝉・周瑜が歩き出す――。

董卓　お前らも行け、赤兎馬。主を求めて。

二人　ヒヒーン。

★

董卓軍が動き出していく。

夏侯惇が董卓軍を蹴散らしている――。

夏侯惇　早よ武将出せや。董卓配下全員だ。孫堅のおっさんぐらいの奴はいねぇな。世界は、狭い。

斬りながら進軍する――夏侯惇。

★

周瑜が斬りながら走っている。

突然——聶裒が現れる。

聶裒　おまた……♡

周瑜　……。

聶裒　どれだけ待たせるのよ、私の出番を。

周瑜　呼んだつもりはないが。

聶裒　龍生九子同士は逢っちゃいけないのよ。ま、私は特別に許されてるけど……ルールってもんがあるでしょ。それにね、周瑜ちゃん間違い犯さないんだもの……ここまでは大正解……。私……出て来られなくなっちゃうわよ。

周瑜　……。（去ろうとする）

聶裒　ハケんじゃないわよ！　出たのにまたすぐいなくなるじゃない。まあ、いいか……面白い事考えてんのよ、この聶裒は。

周瑜　……勝手な事をしたら許さんぞ。

聶裒　私はあんたが天下を獲る為にここにいるの。孫策・孫権に渡すくらいなら……あんた殺すわ。

聶裒がその場を離れていく。
周瑜が走り出す——。

★

馬超が敵を蹴散らしている――。
入ってくる袁紹・劉備。

馬超　ちょっくら――ここ抜けて離れていいか？　元総大将！
袁紹　あら何処へ行くの？
馬超　黄巾だ。任されたもんは全てやる。
袁紹　軍師はお前だぞ。
劉備　馬超……。
馬超　俺さ、曹操様に言われた事、珍しく腑に落ちてる事があんだ。だから行くな！
袁紹　俺に言うな、こいつに言え。

飛び込んでくる孫権。

孫権　では行きなさい。
馬超　総大将。
孫権　若さゆえの失敗もあろうが、ここは私が引き受けよう。
馬超　死んでもお礼するわ！

飛び出していく馬超――。

劉備　大丈夫なのか⁉　あんなんで。
袁紹　阿呆。俺の遠き先のダチが言ってんだ、とんでもねえってな。おそらく……

恐ろしいスピードで敵をなぎ倒す孫権。

袁紹　とんでもなく強い（笑）。
孫権　スタミナ以外は不安がない。

走り去っていく孫権──。

袁紹　いいのか？　きったねえの、行かなくて。
劉備　今は俺の配下じゃねえからな。
袁紹　なら、それでよし。ここで行くのは、君主として最もダセえ。
劉備　……。
袁紹　ドンと構えてろ、いなくなる奴はいなくなる。
劉備　……。（ふらふらといなくなる）
袁紹　行くなぁ、あいつ。

笑う袁紹——その場を離れていく。

★

夏侯惇のもとに——張遼が飛び込んでくる。

夏侯惇　お前が呂布って奴か……？

張遼　違うんだよなぁ——呂布ってのは俺の大将だよ。

夏侯惇VS張遼。

夏侯惇　いいな、お前。うちに来いよ。

張遼　寝言は死んでから言え。俺にてこずるようじゃ、この後……死ぬから。

夏侯惇　じゃ、いらん。

夏侯惇が圧しているように見える——

見えない貂蟬の刃が夏侯惇を貫こうとする。

だが逆にそれを弾き——貂蟬に刀を突き刺す夏侯惇。

貂蟬　あ……。

張遼　……貂蟬!!

夏侯惇　何だお前……？　馬鹿にしてんのか？

姿を現す——貂蟬。

夏侯惇がめった斬りする。

張遼　貴様……!!

張遼を一刀のもとに斬り捨てる夏侯惇。

夏侯惇　本当に互角と思ったのか？　ダセえ天下獲りだ。

貂蟬　黙れ……。

夏侯惇　これが特性だろ？　お前の。お前らの事は鬱陶しいが、お前一番弱いだろ？　これじゃ……。

張遼　ぜってぇ……殺す。

夏侯惇　董卓に伝えろ。こいつ貰って帰るぞ。曹操孟徳が配下、「夏侯惇」だ。

張遼　貂蟬!!

貂蟬を連れ——その場を離れる夏侯惇。

飛び込んでくる周瑜。

周瑜　……。

　　舞台ゆっくりと暗くなる。

贔屓　思惑通り。うふ。

　　薄暗闇の中――贔屓の声が聞こえる。

★

　　劉協のもとに――関羽がやってくる。

劉協　関羽……。
関羽　劉協様……不憫な思いをさせ、申し訳ありません。
劉協　お前の力なら何とかなるだろう。
関羽　いえ……董卓には、特別な力があります……。
劉協　力……？
関羽　それが何なのか、私にはわかりません……いえ、かすかには覚えているんです。私にも
　　……あったような気がするんです。
劉協　黄巾を率いる為の力か……。

関羽　でもほとんど……覚えていません。この手から、消えていく……。
劉協　それでもお前がここにいるのは、私がいるからだ。
関羽　いえ……。
劉協　ここはひとつ……私をもう一度憎みなさい。
関羽　何を……？
劉協　お前の場所を潰すように命じたのは、私だ。それを思い出し、ここを離れなさい。
関羽　できません。
劉協　本音を言えば、お前と離れたくはない。だが、お前を想えば、そう言ってやるのがいい気がするんだ。これはありかなしか、教えてくれ。私は知りたい。
関羽　……。

そこに現れるのは――岩。これまで以上に全身、岩である。

岩　ありです。黄色の帝様。
関羽　お前……どうやってこの包囲網を……董卓軍だぞ。
岩　十歩歩いては岩になり、また十歩歩いては岩になり、ここまで辿り着きました。途中、可愛がられ、お菓子もいただきました。嬉しかったです。赤いお殿様に「楽しく進め」と言われました。ね、戦うお姉様。

「楽進文謙《がくしんぶんけん》」——岩は、人の名前を持つ。

劉協　そうか。そうか。
関羽　納得するところではありません！
劉協　こいつは私が手に入れた、初めてのゆるキャラなんだ。全てに意味がある気がする、そうだろ？　これも曹操が私に出した謎かけだ。
関羽　劉協様。
劉協　私を連れ戻しに来たのではないのだろ？
楽進　はい。赤いお殿様から、戦うお姉様に伝言です。「青州《せいしゅう》で黄巾の残党が増殖——各地で反乱や盗賊行為を繰り返している。そこに大義無し」。
関羽　そんな……。
楽進　「お前の守りたかったものには、続きがある」だそうです。
関羽　曹操……。
劉協　行きなさい。あなたを好きになったのは、そういうとこだ。私の事はいいから。
関羽　……劉協様、申し訳ありません。
劉協　……ありかなしか……

その言葉を聞かず、走り出す関羽。

劉協　……だけは……聞きたかったなぁ。
楽進　ありです。黄色の帝様。

劉協と楽進がその場を離れていく。

★

馬超が走っている――。
その場所に飛び込んでくる劉備――。

劉備　馬超……!!
馬超　兄ぃ、悪いが好きにやらせて貰ってんだ。放っといてくれ。
劉備　そうじゃねえ!!……お前、もしかして気にしてんのか？　最初に呼んだのが趙雲だって事。
馬超　……。
劉備　馬鹿！　あんなもん、偶然だよ。たまたま目に入ったから言っただけで。
馬超　そういうんじゃねえんだよ。
劉備　いや、だから……
馬超　俺が俺の土壌に立つ為に、まだ一つもやってねえから。名前を呼ばれる為に、影響受けてるだけじゃ駄目だって事だ。
劉備　何言ってんだよ、充分強いじゃねえか……今のお前でいいんだよ。
馬超　黙ってろ!!　兄ぃの出る幕はねえよ。

劉備　……。

曹操が入ってくる。

曹操　お前は連合軍軍師のはずだが……。
劉備　曹操……。
馬超　孫権に許しを貰った。黄巾の所に向かう。
曹操　ならお前を殺すぞ。
劉備　曹操!!
馬超　ぜってー行く。
曹操　黄巾は俺も欲しいのでな。どちらにしても、お前を行かせるわけにはいかん。
馬超　ぜってー行く!!

劉備が曹操の前に立ちはだかる。

劉備　ふざけんじゃねえ!!　こいつは俺の配下だ!!　行かせるんだよ!!　お前に言われる筋合いはねえ!!

曹操が劉備を斬り捨てる。

曹操　お前の歌舞伎に付き合う気はない。地獄を見せると言ったはずだが。
劉備　……。
馬超　黄巾を取る。
曹操　行かせんぞ馬超。
馬超　黄巾を取る。
曹操　親父が取られてるからか？
馬超　黄巾を取る！
曹操　己の殻は何なんだ!?
馬超　再び集う為に!!　泣く！　でもいつか笑う!!　その為に……背負うんだ!!
劉備　馬超……。
曹操　それができたら、攻めに来い。負けたらお前を貰うぞ。
馬超　……死んでも勝つわ。

馬超はその場を離れていく。

劉備　ふざけんな……ふざけんなふざけんなふざけんな!!　俺から奪うんじゃねえよ!!　お前、もう持ってるだろうが!!　充分強い仲間持ってんじゃねえか!!　俺から奪うんじゃねえよ!!　ふざけんな。

曹操　……そこだよ劉備。

劉備　……

曹操　この戦のわからん所がそこだ。天下を治めるべく「董卓」に……嫉妬がない。

劉備　何言ってんだ、曹操。

曹操　俺たちと違ってな……そう考えれば、自ずと答えは出る。

劉備　わかんねえよ!!　いつもわかったように言うんじゃねえ!!　お前も、袁紹も嫉妬なんてあるわけねえだろうか!!　一緒にするな!!

曹操　そう思ってるうちは、死んでも勝てんぞ。少なくとも俺たちにはな。

劉備　……。

その場を離れていく曹操。

★

「誰か」と話している董卓。

董卓　俺はいいよ、もう余ってるんだから。それじゃ、こういうのどうだ？　この「場所」ってのは？　いいのいいの、そういう事にしちゃえばいいの。

董卓のもとに、張遼が入ってくる——。

張遼　……誰と……話してんだ？
董卓　ん……いや、酔っぱらってたみたいなもんだ。
張遼　貂蟬が取られた……。
董卓　あら、負けたかぁ。強いねぇ、夏侯惇。
張遼　何も思わねえのかよ？
董卓　「で、あれば」……勝たんといかんねぇ、お前は。いつの日か。
張遼　……。
董卓　何処行く？
張遼　取り返しに行くに決まってんだろうが!!
董卓　駄目だ、行くな。お前は俺の、配下だろ？
張遼　それはこの日で終わりだ。
董卓　駄目。お前は呂布なんだから。
張遼　……あいつの名前だぞ。
董卓　お前の名前だよ。お前が思ってる以上にな……言ったはずだぞ、生まれ変われって。アタマで!!
張遼　……。
董卓　戻ってくるのさ、貂蟬は。そういう「人」だ。

賈詡が入ってくる——。

賈詡　で、あれば……張遼は後の洛陽撤退、殿《しんがり》を……長安《ちょうあん》へと向かいます。
張遼　首都を捨てるのかよ……。
賈詡　であれば、もう首都ではありません。我らの行くべき場所こそ、首都。相国《しょうこく》となられた董卓様は、天下を獲っています。
董卓　だよなぁ。俺、もう天下獲ってる気がする。
張遼　俺は貂蝉を取り戻しに行く。……呂布はあいつの名だ。
董卓　変わらんねぇ。

張遼がその場を離れていく。

賈詡　で、あれば……董卓様。客人です。
董卓　おお……。

袁術が入ってくる——。

袁術　董卓ちゃん、おひさ。
董卓　おお、豪傑。
袁術　人払いを。最終確認があるじゃない？

董卓　いいのいいの、そういうの。悪い事すんだから、公明正大に。
袁術　そう……？　ダメじゃん……すげえ圧されてるよ、連合軍に。このままじゃ洛陽取られるよマジで。
董卓　あらそう。
袁術　今夜だ……連合軍は袁紹・孫呉軍で奇襲をかけるから。金で大量の我が軍を仕込ませてある。思いっきり潰しちゃって。二つはここで終わるから。
董卓　いいの？　お兄ちゃん。
袁術　いいでしょう、ここで死ぬし。後でバレないように、絶縁状を送っておいたから……殺してくれればすぐに済む。孫呉も嫌いなんでね……ばちっと殺すわ。見返りは約束通り、二つの領地をいただくでいいよね？
董卓　……悪いねぇ。だけど、普通なんだよな。今しかないの。
袁術　……何？

袁術を刺す男がいる――袁紹である。

袁術　にい……ちゃん。
袁紹　絶縁状は帰ってからちゃんと読むな。おつかれちゃん。
袁術　……なんで。
董卓　考えつくだろう、こいつらなら。あ、兵士はお借りしておくよ、ちゃんとねぇ。

袁紹　ギリギリ生かしといてあげるから、這って帰りなさいね。さあ、始めよう。
董卓　そんな事しててていいのかい？　全軍、洛陽でぶつかるよ。
袁紹　一言だけ、告げに来ただけなんだよ。すぐ終わるから。
董卓　あら。
袁紹　あんたとはゆっくり酒でも飲みたかったけどなぁ、飲めないだろ？
董卓　そうなの？
袁紹　天下はきちんと貰い受けに来たぞ。この後は、任せといてくれ。
董卓　……いいねぇ、やっぱ袁ちゃん。そんな事が一言なの？
袁紹　いいや……あんたの天下は何だった？　俺たちも洛陽で痛みを伴う。だから、それだけ聞きたかった……。
董卓　……それじゃ勝てないぞ、曹操とやらには。
袁紹　覚悟の上だ。
董卓　……本気で答えよう。「覚えてた」、気もするんだけどねぇ。

袁紹はその言葉を受け取り――その場を離れていく。
「誰か」がそこにいる。

誰か　何、今の……？　董卓……今のなんか、全然最高じゃなかったよ。
董卓　さて……全軍、洛陽でぶつかり、撤退ね。

賈詡　……で、あれば。

誰かを残し——その場を離れる董卓と賈詡。

誰か　貂蟬……董卓、もしかすると……。

誰かの見ている先に貂蟬がいる——。

入ってくる夏侯惇。

夏侯惇　何処にも逃げ場はねえぞ。俺はお前が消えようが見えるから。
貂蟬　蒲牢あにあね様が背負わせた方ですね……。

夏侯惇は貂蟬を斬りつける。

夏侯惇　死なねえんだろ？　斬ったところで。なら、何故俺に捕まった？
貂蟬　……。
夏侯惇　どっちにしたって、てめえ使って天下獲るとなると……くそダセえな、董卓は。
貂蟬　あの人は……そんな人ではありません。
夏侯惇　どちらしても、取り返しに来るんだろ？　お前を。全員、俺が殺してやる。

貂蟬　……貴方の業は……
夏侯惇　背負わされる業など知らん。守った事もねえからな。
貂蟬　では……どうしてあなたは……
夏侯惇　お前と話をする気にもなれんな……死ねないなら大人しくしておけ。
貂蟬　……あなたにお願いがあります!!
夏侯惇　はあ?
貂蟬　私は……生まれ変わる気は……ありません。いずれ塵となります……。
夏侯惇　……面白《おもしれ》え事言うじゃねえか。
貂蟬　私の名は——奉先《ほうせん》——南匈奴を纏める巣宇《せんう》でした……。
夏侯惇　全く意味がわからんぞ。
貂蟬　南匈奴の……君主です。北匈奴と争いを続ける一族の長として……私は戦っていました。
張遼と……。

回想——貂蟬の前に張遼が現れる。

貂蟬　北匈奴の張遼に……私たちは負けました。ですがこの男は……
張遼　……てめぇの南は全て俺が貰う。その代わり、お前は俺につけ……匈奴が一つになれば、全部終わるだろ。
貂蟬　……。

張遼　俺の命にかけて、てめぇの命と南の誇りは守ってやる。お前が唯一望んでたのは、匈奴の統一だろうが。
貂蟬　……そうです。
張遼　この匈奴で天下を獲る、文句を言う奴は俺が殺す。その代わり、俺が死んだらお前が天下を獲れ。新しい名前は、俺がつけてやる。

その場を離れる張遼――。

貂蟬　……そして私たちは、共に歩こうと決めた。だから私は……死んでこの身になったとしても、張遼につきたかった……。
夏侯惇　どうでもいいぞ、そんな話。
貂蟬　貴方たちが董卓様に勝つ為の――理由ですよ。
夏侯惇　黙れ。人が勝てん世の中はいらんと孟徳が決めたんでな。
貂蟬　私が背負わせる業が――「忘れなければならない」、からです。

雷鳴――暗転していく。

★

暗闇の中に――曹操と袁紹がいる。

袁紹　洛陽に全軍。いいな？　相棒。
曹操　当然だ。全ての軍で痛みを伴う。それが天下を獲る覚悟だ。
袁紹　……先が見えてるとかは、聞かんのか？
曹操　そんな事が出来るとは思ってねえよ。
袁紹　全くだ。張郃は外しておく、典韋もそうしてやれ。
曹操　袁紹……己のままで、董卓と逢おうぞ。
袁紹　当たり前だ。

音楽――。
馬超がとてつもない勢いで進んでいく。
黄巾を斬らずに進んでいく馬超――。

★

入れ代わるように賈詡が敵を斬り刻んでいく。

賈詡　ここは私でいい。指示通り、洛陽へ。

斬り進んでいく賈詡。

★

入れ代わるように周瑜が進んでいく。

飛び込んでくる魯粛。

魯粛　周瑜様——洛陽へ!!
周瑜　どうした!?
魯粛　袁紹様より内密にいただきました!!　孫権様に袁術軍が!!
周瑜　なんだと!?

鼂肩が飛び出してくる。

鼂肩　行っても間に合わないんだからやめといたら。
周瑜　黙れ!!
鼂肩　私が董卓をも殺してあげるから。覚悟決めなさい。

急ぎ洛陽へと向かう周瑜——。

★

許褚が敵を一網打尽にしている。
曹操が入ってくる。

許褚　……。

飛び込んでくる曹仁。

曹仁　孟徳!!　許褚は俺らの知ってる許褚じゃない!!　お前を襲う!
許褚　……王さーん!!
曹操　久しぶりだな、許褚。
許褚　うん。俺なんでこんな事してんだろ。やっちゃった!　仲間だった、皆ごめん。
曹仁　……良かった。
許褚　てめえ!!
曹仁　仲間だよ!!
許褚　王さん、これからは俺が護衛だ。行くぞ。
曹操　その前に、お前に作戦を話したろ。

——許褚は作戦を思い出す。

許褚　あ———!!　そうだった!!　んじゃ俺、合ってるんじゃん!!
曹操　謎かけの答えを聞こう。どうだ董卓は?
許褚　うーん、悪くない。俺らと……同じだ。
曹操　そうか。

許褚　だから王さん……もう少し、俺向こうにいていいか？
曹操　……ああ。
許褚　答え持ってくる!!

その場を離れる許褚。

曹操　曹仁、于禁を使って退却の合図を出せ。
曹仁　孟徳。
曹操　今回は我が軍も、かなりの兵力を失うだろう。
曹仁　馬鹿もんが！　なら俺も行く。退却と救出はお前より長けてるからな。
曹操　ああ。
曹仁　孟徳!!　なるべく人を殺すな！　その為に俺がいる。

曹操と曹仁は、それぞれの場所へ向かっていく。

★

――残った力を振り絞り――兵を斬る孫権。

孫権　これで董卓軍は……全軍壊滅だ……連合軍、勝ち名乗りを……

――突然、後ろから徐栄に斬られる孫権。

徐栄　まだ余力があるようですね。

孫権を斬り刻む徐栄。
倒れる孫権――その場を徐栄が離れていく。
飛び込んでくる周瑜。

周瑜　孫権――!!
孫権　おお周瑜……あのな……たぶん連合軍は勝ちだぞ。洛陽を取った。
周瑜　まだ息がある。一緒に斬り抜けるぞ――
孫権　たぶん無理だ……袁術がいるだろ……。

魯粛が飛び込んでくる。

魯粛　多数の袁術軍が攻めてきております!!　既に袁紹軍・曹操軍は壊滅!
周瑜　必ず抜ける――
魯粛　しかし……
孫権　ああ、全然俺は大丈夫。あとは兄貴いるから。周瑜、これなら兄貴に譲っても、文句言わ

周瑜　ないだろ？
魯粛　……。
孫権　周瑜様……ご指示を!!　時間がありません!!
　　　行け周瑜!!　親父とちゃんと見てるから。

意識を失う孫権。

周瑜　火を放て……魯粛……混乱に紛れて孫権を連れていく。
魯粛　周瑜様……!?　なりません……。
周瑜　この洛陽に火を放て!!　魯粛!!

贔屓が現れる——。

魯粛　しかし……ここには逃げ遅れた民がまだ……
周瑜　構わん!!　地獄でどんな裁きでも受ける……放てぇ!!
魯粛　……ハアァーッ!!
贔屓　ははははははは!!　最高!!　あんた最高!!「不殺の国」を創ると決めた奴が、民を殺すんだぁ!!
周瑜　……。

贔屓　……いいじゃない、董卓が言ってたじゃん。その覚悟よ。だってあんたの業は……「人を殺さなければならない」なんだから!!

周瑜　……孫権。必ず生かす。孫権。孫権。孫権。孫権。

舞台ゆっくり暗くなっていく。

★

黄巾党の前に立ちはだかる馬超――。

黄巾党1　殺せえ!!

馬超　お前らは殺さん!!　全員だ!!

黄巾党の中には――かつて張角と共に戦った少年がいる。
名を、「関平《かんぺい》」。

関平　……何を言ってる?

馬超　俺が責任を持って守ってやる!!　だからお前らは刀を捨てろ。

関平　……あんたは董卓軍だろ。

馬超　それでもだ!!　これ以後、どんな事があっても傷つけん!!

黄巾党の一人が馬超を斬りつける。

関平　これでも……か？
黄巾党1　答えろ!!
馬超　俺はお前らに手を出さん!!
黄巾党2　……どうする？
関平　知らねえよ……。俺の仲間は……こいつらの君主に皆、殺されたんだ。

その場を離れる関平。

黄巾党3　そうだ……俺の母ちゃんだって……殺された……!!　だから殺せ!!
黄巾党4　殺せえ!!

黄巾党に斬られていく馬超。
傷つき、倒れ――だがまた立ち上がっていく。

馬超　ぜってぇ……手を出さん……。
黄巾党3　こいつ……
馬超　いいか、お前たちは……国を持つんだ……そうじゃなきゃ……誰かに奪われるんだ……繰り返すな……

黄巾党2　何を……
馬超　居場所を持つ為に……その為に……集い……泣け……笑え……背負え……!!
黄巾党5　殺せぇ!!

——関羽が飛び込んでくる。

関羽　——やめろぉお!!　もう……やめてよ……!!
黄巾党4　誰だ……お前……?
関羽　こんな事の為に……黄色い布を持ったんじゃない……兄さんと一緒に戦ったんじゃない……!!
黄巾党4　何言ってる?
関羽　同じ場所が続くなんて事はないから……!!　だから……もう傷つけるなよ……命をかけた人たちを……傷つけるな……!!

黄巾党を斬る関羽——。

関羽　これ以上続けるなら……私は……お前たちを殺す……迷いはない……。
馬超　殺すな……こいつらを……国にするんだ……。

関羽　馬超……
黄巾党3　あんた……張角様だろ……俺は……覚えてるよ。

驚く黄巾党。

関羽　そうだ……。
黄巾党3　ここには……あの時の仲間はほとんどいないよ……もう想い出もない。だけど……行くべき場所なんてないんだ……。
馬超　答え出てんじゃねえか……だったら……新しく始めろ！　生まれ変わればいいんだ!!　どうすんだ⁉　それを決めるなら、死んでも守ってやる。
黄巾党1　なら、あんたが……君主になるのか？
馬超　……それは……

荀彧が入ってくる。

荀彧　君主のいない国はどうでしょう？
馬超　あんた……。
荀彧　ま、これはあくまで、私の意見ですが……田畑を育て、独立を保てれば……可能であると私は思っています。時間はかかりますが、あなたたちには合ってる。

黄巾党3　あなたは……やらないのですか？　張角様。
関羽　私にその資格は……ないよ……。

首を振り、その場を離れようとする関羽。

荀彧　ならば、あなたの新しい場所へ。
関羽　……。
荀彧　貰ってばかりでは、名将の名が廃《すた》ります。あ、これは私ではなく……
関羽　わかってる!!　馬超……ありがとう。

関羽はその場を走っていく。

馬超　さあ、どうすんだ!?　やるのかやらねえのか！　ごちゃごちゃ進まねえんなら、今度は斬るぞ。荀彧!!　こいつらに、これ以後の生き方を教えてやってくれ。
荀彧　え？
馬超　君主がいないなんて全く思いつかなかったぁ！　くそ！　曹操様に、こいつら任せる!!　貰った分は返したって言っといてくれ！
荀彧　何処に行くんですか!?
馬超　やる事があるんだ、俺は!!

馬超は駆けていく。

黄巾党3　あんな君主ならば……私たちはまたやれる。
荀彧　人生背負えば、あなたたちだってなれますよ。

舞台ゆっくり暗くなっていく。

★

夏侯惇が敵を斬り刻んでいる。
入ってくる孟徳。

夏侯惇　先に行ってるぞ、孟徳。
曹操　己の殻にブレがないな、お前は。
夏侯惇　いらんだろ、天下は俺らのもんだ。その旗を分捕ってやる。
曹操　惇。できればお前で片付けといてくれ。
夏侯惇　行かんのか？
曹操　人が勝てん世の中はいらんのでな。
夏侯惇　全くだ。だが結構軍勢いるぞ。
曹操　――お前の片目以上には、なるだろう。

夏侯惇　鬱陶しい。

夏侯惇はその場を斬り抜けていく。
曹操を襲う兵士を趙雲が斬りつける。

趙雲　董卓討伐、力を貸してやる。
曹操　随分と時間がかかったな。
趙雲　……その後は、しばらくいさせてくれ。お前たちの力を知りたい。
曹操　どういう意味だ？
趙雲　公孫瓚様まで全て持ってく！　あの人の為だ!!
曹操　ならば、力を貸せ。選ばれたお前に。
趙雲　……。
曹操　安心しろ、ここでは……語らんよ。

笑う曹操・趙雲が進軍していく。

★

張飛が戦っている――。
そこに飛び込んでくる関羽。
張飛を斬りつける。

関羽　いつまでやってんだ張飛!!
張飛　え……!?
関羽　劉備が一人で寂しがってるだろ!?　私はともかく、あんたまで失ったら本当に一人じゃない!!
張飛　え……!?
関羽　兄ぃだよ!!　劉備の兄ぃ!!
張飛　……俺……。
関羽　産まれた日は違えども、死ぬ時は一緒!!　そう言ってくれたじゃない!!　私に……!!
張飛　……お前は……
関羽　関羽だよ!!　関羽のあにぃ!!
張飛　よし、やっぱりミュージカルだ、関羽のアニー、付き合って貰うぞ。
関羽　お前、もう笑いやる空気じゃねえだろ!!　馬鹿かお前は!!

関羽を連れてその場を離れる張飛。

★

戦っている張遼の前に——貂蟬が帰ってくる。

張遼　——貂蟬!!

貂蝉　戻りました。
張遼　あいつはどうした……？
貂蝉　私を捕えたところでどうしようもないと判断したのでしょう。
張遼　あいつは俺が殺す。
貂蝉　ならば急ぎましょう――曹操・袁紹軍は長安まで全勢力を向けています。董卓様を、守ってください。
張遼　……どうして⁉
貂蝉　終わりが近づいています。……あの時のように。ここも、あなたと私の居場所です。
張遼　……。

――張遼と貂蝉は董卓のもとへ向かっている。

★

董卓は酒を注いでいる――だがそれを飲みもせず、

董卓　飲めない酒を、注ぐ奴があるかねぇ。

誰かが入ってくる。

誰か　今のも、董卓らしくないなぁ。ちょっと最近おかしいぞ。

董卓　そうかい？
誰か　俺は一番あんたが好きなのに。
董卓　それはどうだろうねぇ……。
誰か　やっぱ貂蝉いないのが響いてんのかなぁ。
董卓　なんで？
誰か　俺、九番目の子だから、貂蝉の業がなんなのか知らないんだよねぇ。
董卓　……賈詡。

賈詡が入ってくる。

董卓　連合軍の動きはどうなってる。
賈詡　で、あれば……既に洛陽をおさえ——全軍でこの長安へと向かっております。
董卓　着いたばっかりなのにねぇ。んじゃ、賈詡……お前、投降しろ。曹操んとこに入れて貰いなさい。
賈詡　……。
董卓　「で、あれば」は？　はい、話終わり。出て行きなさい。
賈詡　……。
董卓　行けと言ってる。大事な話をしたいんだよ。
賈詡　……で、あれば私は業を信じておりませんし、賈詡ではなく呂布です。

董卓　呂布でもいいが……業ってのは本当だ。行け。

賈詡がその場を離れていく。

誰か　何、今の……今までで一番嫌だったよ。
董卓　何言ってる？　器は見事に揃ってるよ。もう充分だろ？
誰か　飽きちゃったな……なんか董卓。

張遼と貂蟬が戻ってくる。

董卓　戻ってきたか、貂蟬――

聶屓が現れる――。

聶屓　作戦通り、ちゃんと蒲牢の事調べたんだろうねぇ？
貂蟬　……わかりませんでした。
張遼　貂蟬。
聶屓　使えない……だけどね、充分。本当はこっからだもん。
董卓　ごちゃごちゃうるさいなぁ……何人いるんだよ、全く。

贔屓　ごめんなさい、あなたの周りに多すぎて……だからね。

誰かが董卓を斬りつける。

張遼　董卓――!!
貂蟬　董卓様――!!
誰か　だってもうやる気がないでしょう、董卓。……せっかく董卓を選んだのに。
贔屓　こいつは最強……龍生九子の中で一番のジョーカーよ。
誰か　そろそろお別れしよう。名前言ってなかったね、天の龍様の九番目の子「睚眦《がいし》」だよ。
贔屓　だって知ってる？　こいつの業は「路《みち》を創らねばならない」!!　だから!!　選ばれた時点で天下はないの!!　だから死ぬの!!　キャハハ!!
睚眦　……あ、そうなんだ。俺、知らなかったわ。
贔屓　だから最強なのよ、美しい。
貂蟬　やめろ――!!
贔屓　動くな、落ちこぼれ。

贔屓の力によって、貂蟬の動きが止められる。
贔屓が張遼を操り――董卓を刺し貫く。

董卓　だから……俺は業も背負い、天下も獲ってるんだけどな、既に。
張遼　董卓。
董卓　今のもやる気がなかったなぁ、お前は変わらないねぇ。

倒れる董卓――。

張遼　董卓――!!
贔屓　あとは歴史通り、やって貰いなさいな。あにあね様に頼まれたの、塵となるものを選べって。貂蟬……あんたよ。
貂蟬　董卓様――!!
睚眦　次……誰に憑こうかなぁ……張遼もいいね……後は……考えよっと。あ、俺……生まれ変わる気ないんだよねぇ。

その場を離れていく睚眦と贔屓。

張遼　……董卓……。
董卓　貂蟬……お前の業、何とかなるだろう……やれ。
貂蟬　ですが……。
董卓　いいのいいの、人のやってない事をやるのよぉ、俺は。

張遼　貂蟬。
貂蟬　私の業は、忘れさせる事……ですが、董卓様……痛みを忘れても……もう……
董卓　いいの。ちょっと酒でも飲みたいだけだから……
貂蟬　張遼……この人は……私を背負ってくれた。……あなたに忘れてほしくない私を……あなたを忘れる私を……。それだけで私は生まれ変われた。

——貂蟬が手をかざすと、董卓がさらりと起き上がる。

董卓　はい元気——！　いぇ——!!　あんまいい事言うんじゃねえよ、そういうのダサいダサい。徐栄……。

徐栄が入ってくる。

董卓　酒を持ってきてくれ。
徐栄　もう持ってきてません。

酒を置く徐栄——賈詡が入ってくる。

董卓　大層な器、揃ったろ。ここまで来てるのに天下獲ってねえって、おかしいと思うんだけど

張遼　なぁ……俺は……。
董卓　……獲ってるよ、あんたは。
張遼　だろ？
董卓　どうして、俺らに呂布とつけた？　それを聞かせろ。
　　　癪だろぉ、袁だか曹だか知らんけども、持ってかれるのも。だから野に放ったお前らが、
　　　天下獲っちまえ。人なんてもんはな、生まれ持ったもので決まらねえぞ……生き方だ。
張遼　……ダセえな。
董卓　だな、こんなダセえのは死ぬわ、きっと……。徐栄、お前袁紹んとこ行って助けてやれ。
　　　ありゃあ大した器だ、業と戦えるぞ。
徐栄　……嫌です。
董卓　よし。
徐栄　いえ、本当に嫌です。私は行きません……最後まであなたと一緒です。
董卓　ん……意味わからんぞ。
賈詡　で、あれば……あなたが忘れるから、徐栄は反対の事を言ったんですよ、いつも。
徐栄　忘れるたびに……繰り返します。いえ、繰り返しません！
賈詡　ちなみに、私の「で、あれば」も同じです。しつこかったでしょ？
張遼　……だったら最後までやれ、ダセえぞ。
賈詡　董卓様、私を曹操の所に行かせる理由を。
董卓　わからねえからな。曹操と、逢ってみたいねぇ。

賈詡　……で、あれば。
張遼　まだわからねえぞ、董卓。貂蟬、そうだよな。
貂蟬　……はい!!
張遼　董卓には……呂布がいる。

許褚が入ってくる――。

許褚　呂布1もいるからな。何とか道だけは切り開いてやる。
貂蟬　どうして?
許褚　あのな、惇兄だけはくそ強《つえ》え……できて腹にドデカいの一発だけだ！　それだけはやってやる!!
董卓　いいねぇ。
許褚　董卓!!　あんたの事好きだ！　俺！　でも王さんの事が好きだ!!　あんたは何か格好いい!!　でもな！　王さんは実は俺にわざと負けて潜入して来いって言ってたんだぞ!!　すげえだろ!!　でもあんたが大好きだ!!
張遼　どっちかにしろバカタレ。
董卓　俺……飲みたいんだけど……!!

張飛が入ってきて――酒を飲み干す。

遅れてくる関羽。

董卓　……。
張飛　うまーい♪
張遼　まだやってんのかよ！
張飛　酒!!　酒ってのは、忘れたい時に飲むもんだ。飲まねえで全てを忘れるあんたは豪傑じゃねえか。それだけ言いたかった。
関羽　張飛……お前、気付いて……。
張飛　一宿一飯だ!!　酒飲んで全て忘れる！　賈詡……こいつだけは守ってやるよ。兄ぃ、いいな。一宿一飯だぞ!!
関羽　……好きにしろ。
張遼　まだわからねえって言ってんだろ。お前ら、ぶち殺すぞ。
董卓　張遼、酒が無くなっちまったから、後でお前は持って来いよ。
張遼　当たり前だ。
董卓　ぜんぶ！　生まれ変わってこいよぉ。
貂蟬　……私はあなたの傍を離れません。
董卓　しんみりしていかんよぉ……忘れさせろ、こんなもん！……勝てるよなぁ……これだけいりゃあ……
張遼　呂布がいる――俺の居場所だ。

音楽――。

それぞれが戦っていく――。

于禁・楽進に斬られていく徐栄。辛くも撃退するが――

夏侯惇が立ちはだかる――

許褚が腹に一発を入れようとするが、夏侯惇に叩き伏せされる。

夏侯惇　お前がそう考えるくらいわかるぞ、許褚。

徐栄　……。

徐栄が夏侯惇に一太刀を入れて死ぬ。

夏侯惇　見事じゃねえか。こいつに負けた、にしてやろう。

許褚　……わあああ!!

夏侯惇　泣き終わったら戻ってこい。ガキが。

進んでいく夏侯惇――。

魯粛率いる連合軍に斬られていく張遼。

袁紹・顔良が張遼にとどめを刺す――。

袁紹　先、行ってるぞ……相棒。

曹操が入ってくる――張遼を斬る曹操。

張遼　ふざけんなよ……絶対に……殺す……。
曹操　お前は俺が貰っていく――新しい居場所だと思え。
張遼　……くそくらえだ。
曹操　敵になってやる……呂布を殺したのは俺だぞ。殺しに来いよ。

曹操がその場を離れていく。

張遼　曹操――！……くそ……董卓……董卓……。

光と共に――収束していく。

★

董卓が酒を注いでいる――。

董卓　何だよぉ、華雄……「虫夏」？　何だぁそれ？……触る触らないは関係ないだろう、場所には……。

ゆっくりと夏侯惇が入ってくる。

夏侯惇　お前が董卓だな。
董卓　来たねえ……一発でわかるわ、夏侯惇。
夏侯惇　呂布ってのに逢いたかったんだけどな……一太刀で斬ってやんのに。
董卓　このあと一緒に酒を飲む約束してんだわぁ。
夏侯惇　その時間もやらねえよ。
董卓　お前……業に抗ってんのか？　結構結構……。
夏侯惇　お前は違うのか？
董卓　俺はな……業さえも、包んじゃうんだよ。勝てるか？　俺に。
夏侯惇　最初《はな》から眼中にねえよ。だから——

——見えない貂蟬の一太刀を夏侯惇が弾き、
飛び込んできた趙雲が斬る。
振り返った——董卓に飛び込むのは馬超。

夏侯惇　お前斬るのは——人だ。

馬超　背負ったぞ――ちゃんと!!

倒れる董卓――。

董卓　おもろい奴は……まだまだいるねぇ……。

その場を離れる三人――。

張遼がゆっくり入ってくる。

董卓は死んでいる――。

董卓　……。

張遼　俺と酒飲むんだろうが……董卓。董卓。

袁紹が静かに入ってくる。

董卓の盃に酒を注ぎ、去って行く。

貂蟬が入ってくる。

貂蟬　私も……塵となります。ありがとう……二人とも。

張遼　また失うのかよ……また間に合わないのかよ……俺は……。
貂蟬　今度は守って貰ったと……思っています。だってあなたは生まれ変わるんですから。私も……死んだあの日、あなたに名前を貰い、ここで巡り逢えた。
張遼　……そんな簡単じゃねえ。
貂蟬　それでも、終わりは来るんです。
張遼　貂蟬……。
貂蟬　一言は……ありません。嘘です。董卓様に、もう言って貰った。張遼、生きてください。

消える——貂蟬。
——瞬間、「誰か」が入ったような気がする。
むくりと起き上がる董卓。

董卓　うめえなぁ、張遼。

舞台、ゆっくり暗くなっていく。

完

EPILOGUE

馬超が立っている――。
入ってくる夏侯惇。

夏侯惇　連合軍勝利――勝ち名乗りはお前だぞ。
馬超　俺じゃねえよ……結局、俺は最後だけだ。
夏侯惇　まあそうだな。
馬超　大将軍!!……俺はてめぇの殻でやれたよな。
夏侯惇　知らん。――が、一つ。孟徳がやっぱりお前を欲しいそうだ。だが来るな。
馬超　……。
夏侯惇　曹操孟徳配下の最強は――一人でいい。お前がいると、俺が脅かされる。
馬超　大将軍――そこまで俺の事を。
夏侯惇　嘘だ。

馬超を斬る夏侯惇。

馬超　何だよ、もう⁉

夏侯惇　まだまだ足りん。全てを手に入れて、てめえになれ。そしたら相手してやる。

馬超　畜生――!!　格好いい!!　そうだな、俺は俺になる!!

走り出す馬超――。

まばゆい光の中――走り去っていく。

★

――カーテンコール後。

腐りまくっている劉備。

ハゲが進行している。

劉備　……。

関羽と張飛が入ってくる。

張飛　兄ぃ……。

劉備　張飛……関羽。
関羽　遅くなってごめんね……。
張飛　たくさん謝る事がありすぎる！　だからもう謝らない。
劉備　なんでだよ⁉
張飛　だから兄ぃ、一緒にアニーを創りたいんだ。
劉備　一回だけだぞ。
関羽　なんでだよ⁉

歌い出す二人——馬超が走ってきて歌い出す。

関羽　だからなんでだよ⁉
張飛　実はな、特別ゲストを呼んでるんだ。歌のうまい、おチョンチョンです。

趙雲が通りかかる。

趙雲　なんでだよ⁉

全員が騒ぎながら歌を歌っている——。
関羽がそれを見つめて、少しだけ微笑む。

あとがき

ふと気づいてみれば、初めて大学ノートに物語を描き始めた一九歳の時から二十五年が経っていました。二十五年、若き日の僕らは年数で数えるのを止めて、季節にしよう、その方が格好いいから、とはしゃいでいました。季節に捉えると、ちょうど百。百の季節を、物語と共に旅したことになります。

この作品は、二〇一八年十二月に、東京の全労済ホール／スペース・ゼロで上演されたものです。二〇一二年から始まった三国志をモチーフにした「RE-INCARNATION」シリーズの五作目に当たる作品となります。

この百の季節の中に、新しく産まれた命や、出逢った大切な人たちや、奇跡のような公演にもたくさん出逢いました。そして、一番の事と言えば、僕は友を失いました。仲間でもあり、ずっと続いていく家族のような人を、失いました。それは身を切るような、抉られるような、それでも表現しきれない深いなにかを季節は運んできました。その男は、このシリーズの最終作を創った時に登場する、最後の龍生九子を演じる筈だった、男です。

病院からの経過を聞いている時点では、僕はまだまさかと思っていました。必ず息を吹き返すのは間違いないので、どんな言葉をかけてやろうと、それだけを考えていました。きっと、バツが悪そうに謝るだろうから、短い言葉で元気になる言葉は何か、とそれだけを考えていました。いつか笑い話になった時に、家族に心配かけるなと、怒ってやろうと、今は短い言葉で笑顔にしてやろうと思っていました。ですがその言葉を言う時間は、ありませんでした。現実は、遥かに物語を凌駕する。そんな事を飲みながら良く話していましたが、そんな言葉さえ、飲み込み消えていくような現実でした。

「RE-INCARNATION」シリーズの中で、杉山健一君演じる「曹仁」という役があります。杉山君自身が、俳優の前に一人の人間として皆から愛される優しい人で、よく皆にいじられながら必死に俳優として表現する姿からこの役が産まれました。彼の分身とも言っていいくらいの役なのですが、彼の台詞に、「天下は獲るもんじゃない。共に、見るものだ」というのがあります。その言葉が、全てだと、今は思っています。

描いた天下で、必ず隣にいる仲間でした。

この作品は、群雄割拠をイメージして創った物語です。背負った董卓という男に立ち向かう、若き二人を中心とした群雄割拠。稽古場では年齢も関係なく、お芝居をする気概に溢れた俳優たちが、苦しそうに、そして楽しそうに演じていました。劇場には物語が産まれますが、稽古場にはもう一つ、俳優たちの物語が存在しています。松田賢二さんが全てを受け止めた感性溢れる董卓を演じれば、若き俳優たちも一歩も引かず立ち向かう毎日。とても、幸せな稽古場でした。その喜びと、同時に産まれる覚悟を込めて、「再び集い、泣け――奮い起こせ。そして背負え」と、この作品の言葉を掲げました。それは、喜びです。

今、改めてこの言葉の意味を考えています。一人の仲間と旅した季節があったからです。僕らの歩く先に、彼の歩いてきた道を開いておけるように。

論創社の森下紀夫さん、関係者のみなさん、ありがとうございました。大切な俳優達、スタッフ、AND ENDLESS、DisGOONie の仲間たちへ、心からの感謝を込めて。

そしてこの戯曲を手にしてくれているあなた、本当にありがとう。少し、私的なあとがきになってしまったのですが、生きているという事は、言葉にする事でもあると思うので。この本を手に取ってくれたあなたが、物語の旅を少しでもすることができたら、こんなに嬉しい事はありません。たくさんの想いを、心に秘め、僕の物語の旅はまだまだ続きます。あいつも連れてく。

二〇二一年十月　新作「MOTHERLAND」の執筆前に

西田大輔

『RE-INCARNATION』―RE-COLLECT―

上演期間　2018年12月20日（火）～12月27日（火）
上演場所　全労済ホール／スペース・ゼロ

【CAST】
馬超孟起・・・・・・北村諒
夏侯惇元譲・・・・・広瀬友祐

周瑜公瑾・・・・・・田中良子
劉備玄徳・・・・・・佐久間祐人
張飛益徳・・・・・・村田洋二郎
趙雲子龍・・・・・・中村誠治郎
孫権仲謀・・・・・・宮下雄也
許褚仲康・・・・・・椎名鯛造
関羽雲長・・・・・・佃井皆美

貂蝉・・・・・・・・赤澤遼太郎
睚眦・・・・・・・・小野健斗
賈詡文和・・・・・・上田堪大
徐栄・・・・・・・・鐘ヶ江洸

張遼文遠・・・・・・谷口賢志
袁紹本初・・・・・・萩野崇

袁術公路・・・・・・塚本拓弥
曹仁子孝・・・・・・杉山健一
贔屓・・・・・・・・平山佳延
荀彧文若・・・・・・一内侑
楽進文謙・・・・・・竹内諒太
魯粛子敬・・・・・・平野雅史
劉協伯和・・・・・・本間健大
于禁文則・・・・・・澤田拓郎
顔良・・・・・・・・書川勇輝
関平・・・・・・・・石井寛人

曹操孟徳・・・・・・西田大輔

董卓仲穎・・・・・・松田賢二

夏侯恩子雲、他・・・斎藤洋平
劉岱公山、他・・・・西田直樹

陶謙恭祖、他・・・・秋山皓郎
鮑信允誠、他・・・・今井直人
孔融文挙、他・・・・和田啓太
王匡公節、他・・・・小野原幸一

【STAFF】
脚本・演出・・・・・西田大輔
舞台監督・・・・・・清水スミカ
演出部・・・・・・・上村利幸　内藤正弘
舞台美術・・・・・・乗峯雅寛
照明・・・・・・・・大波多秀起　岡崎宗貴
音響・・・・・・・・前田規寛（ロア）　今里愛（SFC）　日本有香（SFC）
荒井裕実　藤田沙耶
音楽・・・・・・・・てらりすと（和田俊輔・新良エツ子）
衣装・・・・・・・・瓢子ちあき
衣装協力・・・・・・雲出三緒　蛯名彩香　児玉来夢
ヘアメイク・・・・・新妻佑子　小川万理子（raftel）
美容協力・・・・・・STEP BY STEP
宣伝写真・・・・・・渡邉和弘
宣伝美術・・・・・・Flyer-ya
Webデザイン・・・・まめなり
撮影・・・・・・・・Office ENDLESS
協力・・・・・・・・アイズ　えりオフィス　オスカープロモーション　ジャパンアクションエンタープライズ　シンコーミュージック・エンタテイメント　砂岡事務所　スペースクラフト・エンタテインメント　トキエンタテインメント　フォーチュレスト　ダンデライオン事業部　ホリプロ　よしもとクリエイティブ・エージェンシー　AND ENDLESS　BLUE LABEL　JJプロモーション　GVM　SOS Entertainments
プロデューサー・・・下浦貴敬（Office ENDLESS）
提携公演・・・・・・全労済ホール／スペース・ゼロ
主催・・・・・・・・DisGOONie　Office ENDLESS

西田大輔（にしだ・だいすけ）

劇作家・演出家・脚本家・映画監督。

1976 年生まれ。日本大学芸術学部演劇学科卒業。

1996 年、在学中に AND ENDESS を旗揚げ・2015 年 DisGOONie 設立。

全作品の作・演出を手掛ける。

漫画、アニメ原作舞台化の脚本・演出の他、長編映画「ONLY SIVER FISH」・ABC 連ドラ「Re：フォロワー」の脚本・監督も務める。

代表作に「美しの水」「GARNET OPERA」、DisGOONie 舞台「PHANTOM WORDS」「PANDORA」「PSY・S」「DECADANCE- 太陽の子 -」「GHOST WRITER」などがある。

上演に関する問い合わせ
〒152-0003　東京都目黒区碑文谷 3-16-22　trifolia203
株式会社ディスグーニー　DisGOONie inc.
TEL・FAX：03-6303-2690
Email：info@disgoonie.jp
HP：http://disgoonie.jp/

リインカーネーション　リコレクト

2021年10月15日　初版第1刷印刷
2021年10月23日　初版第1刷発行

著　者　西田大輔
発行者　森下紀夫
発行所　論創社
東京都千代田区神田神保町 2-23　北井ビル
電話 03（3264）5254　振替口座 00160-1-155266
web. https://www.ronso.co.jp

装丁／サワダミユキ
組版／フレックスアート
印刷・製本／中央精版印刷
ISBN978-4-8460-2113-9